Xiron Poetry Club
磨铁读诗会

新世纪诗典

—第六季—

伊沙 编选

浙江人民出版社

编选者序

六年已至，比我开办之初计划的“上策”（三年）多出了一倍，业已完成了“十年大计”的五分之三，在泉城济南，沈浩波又放话了：“制订十年大计时知道你会干不止十年……”

那么好吧，咱们走着瞧。

第六季书稿细编完成的此刻，我给自己出了一道题：“关于《新世纪诗典》，你首先想到的十大关键词是什么？”然后，拿出一张空白的A4纸，不假思索地在上面写起来，谨录于此，并略作注解：

一、“年度大典”——此语出自某网友。某年年终，各种急就章似的年选、年鉴相继出笼，某网友在网上说：“都难尽如人意，坐等年度大典。”他指的便是《新世纪诗典》。我之关注，并不在“年”，不过每年一本地出版下来，确实力压了所有年选、年鉴，以世纪之广阔深厚，以日选一诗之精益求精，以铁面无私之专业眼光……“年度大典”就是这么铸成的！

二、“农民起义”——此语出自我的天然助手、六载《新世纪诗典》之幕后英雄老G之口。我心仪此说，此中有血泪，在此不解释。

三、“颠覆”——此语出自一位身在《新世纪诗典》中心、在坛的著名诗人之口。他当着我面的原话是：“《新诗典》，不好不好，颠覆得太狠了！”

四、“另造诗坛”——此语出自大诗人、《新世纪诗典》理事长沈浩波之口。他最早说于2007年的海南岛，后来在多个场合说过……是的，我们想让真正写得好的诗人汇聚于此，重组一个专业、干净、健康、纯粹的诗坛！

五、“先锋”——不论《新世纪诗典》在传播上怎样占据主流，也还是被人视为“先锋”，这是诗的品质决定的，我们当然乐得如此！

六、“口语诗”——2014年我应邀编选《中国口语诗选》一书时曾做过统计：我所认定的真正的口语诗人只占全体《新世纪诗典》诗人的五分之一，但诗坛把我的话当做耳旁风，依然提《新世纪诗典》必要提“口语诗”，《新世纪诗典》诗人安琪的观点可以代表诗坛人士的普遍看法：“语言上写顺溜的诗都是口语诗”——哦，好吧，我还以为语言上写不顺溜的诗才是诗呢。

七、“民间”——毫无疑问，在世纪之交的“盘峰论争”中彰显的“民间立场”在《新世纪诗典》这里得到了最好的呈现。当年论争主将中，有人“仰天大笑出门去”——去了老龄名流俱乐部，有人来到这里，埋头于诗，扛起大旗，继续前进。

八、“现场”——《新世纪诗典》不是束之高阁的一本书，它是有现场的——新世纪里，中国当代诗歌的第一现场在网上。论坛时代的第一个十年，它的第一现场是“诗江湖”；微时代的第二个十年，它的第一现场正是“新诗典”。

九、“奥斯卡”——此语出自《新世纪诗典》诗人蒋涛之口，指的是《新世纪诗典》年度大奖——NPC李白诗歌奖。该奖奖项设置的专业、合理、丰富性，评选规则的科学、公正、透明性，确实堪比奥斯卡。无须讳言，我们剑指中国诗坛第一奖！

十、“吉尼斯”——2014年秋，北京老书虫国际文学节——这项由外国众多机构在北京举办的文学节，邀请我和一位澳洲女诗人赴会做了一场对谈。我在《新世纪诗典》的工作和她在推特上坚持两年日发一诗的现象被文学节注意到了，我们对谈的主题是“新媒体时代的诗歌”，我才意识到我日推一诗、经年不止属于世界级现象，有人提醒我：可以申请吉尼斯纪录了——说实话，我毫无兴趣，但我有兴趣把这个奇迹无限扩大。

以此为序。我给自己出的这个题目，你们有兴趣的话也可以拿去做。感谢一路相伴的诗人、读者！

伊沙

2017年4月27日于长安

目录

第二辑 最小的字被刻在头发丝上

第三辑 成吉思汗的部队没有粮草官

第四辑 黑女人的声音

第五辑 首尔街头的独臂老人

第六辑 用一瓶啤酒打开另一瓶啤酒

第七辑 谈论命运的时候要关好门

第八辑 黑暗像巨大的铁锤

第九辑 他就是我的敌人

第十辑 许多药名都有诗意

第十一辑 一阵吹不熄的山籁

第十二辑 有些真相说出来并不美好

第一辑 我们不停重建

现在
让我跟无数个我
对遥远的和身边的布鲁塞尔一起说
我们活着
无数次看见倒塌
我们不停重建

——徐江

2016.4.5

布鲁塞尔挽歌

徐江

机场关闭
航班取消
鸽子在欧洲的胸腔碎裂
安检走过来
捏我的口袋
他捏到润喉糖
这农家出身
脸上长痘的小伙
神情严峻
上回是一个肤色白净的姑娘
一面和同行嬉戏
一面认真捏一下每个乘客的裤管
劲道之足
就像她曾经发过誓
要借某一两次的不经意
去捏碎那些
运气不好的睾丸

这是在天津
我居住的城市
如果需要
你当然可以换成
你住的休斯顿
约翰内斯堡

只是大脑的沟回不变
里面液体在惊跑
窗外是枪声、巨响
平时在影院见识
此刻它们是真的
就像在回应几个月前
蘑菇云在塘沽升起
楼群震动
浓烟把阳台
朝向人马座的
望远镜筒吞噬

肉体膨化
你不见的那些羽毛
猝然四散扬起
流亡的毛发射向马路对面
它们跟碎砖、尘土比赛
看谁能更快陨落回岑寂
这么快就没有新闻了
电视在滚动播出
新一轮真人秀
把视线推向新的惊讶
新的失落
新的疲惫的一天
所有城市的路沉沉睡去
它们不再醒来
醒来的是道路的婴儿
天天如此
只有想象中的睾丸
继续被残忍地嬉闹着捏动

有的脸蒙着黑色丝巾
有的手臂戴着红色袖标

布鲁塞尔的黑烟与警铃
同时升起
伟大的梅格雷探长
没有人能惊起
他书里的长眠
要是谁能叫下他就好了
哪怕那个儿童雕塑
从基座上走下来
掏出小小的阴茎
对准探长的脸
好了
不管罪犯来自中东还是纽约
疲惫的侦探醒来
他在小说里
替我们解决

快没有报纸了
布鲁塞尔国际机场
双流国际机场
快没有出租车了
布鲁塞尔大广场
俄罗斯红场
天安门
快没有行人了
布鲁塞尔地铁
黄浦江外滩
深圳的世界之窗

就要没路可逃
布鲁塞尔中央车站
河内法租界街心公园
兰州黄河大桥
就快要没有人能够
在阳光和阴影的交接地带
幸福地孤独死去
布鲁塞尔圣米歇尔圣古都勒大教堂
天津老西开教堂
哈尔滨圣索菲亚
救火车在往天上疯开
它说它看见了那些鬼
他们一直在赢

现在
让我跟无数个我
对遥远的和身边的布鲁塞尔一起说
我们活着
无数次看见倒塌
我们不停重建

2016/3/25—28

伊沙点评：第六季开始了！我发现近期《新世纪诗典》的新气象是：系列诗会现场奖在升值，似乎没有拿过现场奖（纵然拿过“李白奖[1]”）也不算真本事。所有健康、向上的事物在这个场域都会得到发扬光大。徐江三次得过李白奖（是最多的），也两次得过现场奖。这是他3.25之夜拿走“磨铁之锋”朗诵会冠军的作品，一首天然具有冠军品质的诗，几乎也是《新世纪诗典》史上推荐过的最长的一首诗。

———

[1] 即后文的“新世纪诗典·李白诗歌奖”或“李白诗歌奖”。

2016.4.6

附近的人

黄海

夜晚手机微信上
发现一栏那列
“附近的人”打开后
有好多陌生女人的名字

她们叫火凤凰
甜玉米、美丽诺
这些人与我的距离
是100米内
也可能是10米或者20米
还有200米内距离的
爱的世界、此情可待
和阳光雨露
300米内的小圪塔
你在我心中、我的好身材
以及随性性
这个名字好
头像还是个光背的美女
再远的500米内的
杨媚娘和李思思
她们的签名分别是:
半老徐娘和此女有夫君
最远的1000米内的名字显示是
入戏太深

不雅照和jdnnd
这些人真有意思
头像都很漂亮

哦，有个头像是
她是我妻子
曾经的假名
小手冰冰凉
世界原来可以这么小

伊沙点评：真是太有意思了！第六季最早订货的一首，早在1月初，我对它的喜爱直接影响到了我的写作，在泰国行中写出了《信号》：“车入芭提雅/微信上/附近的人/全变成妖。”黄海绝不缺少才情，生意与生活的重压多少压制了他，那三个月，他生意不好做了，诗便如泉涌。我们的当代诗人，又将“网络诗”升级了。网络如今可不是虚拟生活，它就是生活的一部分。

在圣方济各圣堂前

沈浩波

我喜欢那些
小小的教堂
庄重又亲切
澳门路环村的
圣方济各圣堂
细长的木门
将黄色的墙壁
切割成两片
蝴蝶的翅膀
明亮而温暖
引诱我进入
门口的条幅上
有两行大字
是《新约》里的话
“耶稣说：
我就是道路
真理和生命”
我想了想
在心中默默地
对耶稣说：
“对不起
这句话
我不能同意”

2016/3/15

伊沙点评：本诗是3.25北京“磨铁之锋”朗诵会大循环最佳作品，相当于NBA常规赛MVP。沈浩波的诗路算宽阔的（尤其在同代诗人中），但我知道，写泛抒情诗的他不是最好的（似乎缺点真气），写修辞诗的他不是最好的（似乎不够高级），只有写这一路——我们叫它“直言体”吧，天下无敌，我在现场的点评语是：没有丝毫的犹豫，抓住一点，不及其余。

仪式感

春树

在我妈来到柏林
照顾我生孩子、坐月子
整整三个月以后
她回北京的第一天
我系上围裙
像她说的
不套头
折叠一下
把带子从腰后
绕一圈
系在前面
我系着围裙做饭
又系着围裙
站着吃完了
刚刚做好的炒米饭
顺手把案板上的菜叶子
倒进了垃圾桶
我发现我是在模仿她
这一发现让我很温暖

2016/1/30

伊沙点评：尽管很少，我也会主动约稿，那一定是在对某位诗人的创作充分了解才会做的，譬如，春树从怀孕到生育到育婴这个过程，必有好诗出，既会突破先前的自己，也会有别的女诗人无力表现的非常本质的东西，于是我便向远在德国的她发出了约稿信，果然不负我的预期，本诗便是其中最好的一首。我知道我们是在模仿中长大的，我不知道等我们有了孩子，父母依旧是我们模仿的榜样。

2016.4.9

刺

苇欢

母亲把带鱼烧得很黑
用筷子刮刮
露出雪白的肉
我把鱼刺剔出
一根根摆在纸上
我看看女儿
她小小年纪
就会吐刺
哪怕是极小一根
我像她这么大时
每当爷爷做鱼给我吃
我就说：爷爷，你快吃给我看！
他就夹起一块
放进嘴里粗嚼两口
吐出一团白泥
我就笑他——

我的爷爷
经历了饥荒、战火、丧子、病痛
却一辈子也不会
吐刺
最后死亡
吐出了他

伊沙点评： 以《新世纪诗典》、“长安诗歌节”为代表的“清流”反对诗坛的论资排辈，也反对自身论资排辈起来，正因如此，80后女诗人苇欢才能以1.0之身在长安诗歌节珠海场勇冠三军，本诗是其夺冠之作。一个典型的先锋女诗人，写出厚重的常态诗，更见其实力。

2016.4.10

潜伏

邢昊

五个美国兵
空降越南
躲进一片
茂密丛林

五个美国兵
耐不住寂寞
抓来一只蜘蛛
取名黑寡妇
抓来一只蚂蚱
取名绿寡妇
抓来一只蝴蝶
取名花寡妇

五个美国兵
一个被蛇咬死
一个陷进沼泽
一个踏响地雷
一个挨了枪子儿

幸存的一个
打中越南兵
越南兵兜里
掉出张照片

背面写着：

阮叶成
十四岁
童子军

伊沙点评：“这一年，邢昊变邢爷了！”——这是在3.25北京“磨铁之锋”朗诵会上，邢昊以在场所有诗人中最为稳定的状态拿下亚军时我的感叹。这是他继一月份“南行记”后，拿下的又一个沉甸甸的亚军！“爷”是什么意思？北京泛文化圈里的意思只是“老炮儿”，《新世纪诗典》诗人圈里的意思就是“本土准大师”。从“山西王”到“邢爷”，邢昊在2016年伊始完成了升级。

2016.4.11

咱村里就没有不会划拳的

王有尾

刚到家时
村里人喊我喝酒
都很客气
但劝酒劝得很厉害
还没过两天
就教我划拳
我推脱说不会
“咱村里就没有不会划拳的。”
邻居二大爷说
我就开始学划拳
后来还赢了几拳
“这就对了嘛！
咱村里就没有不会划拳的。”
已经喝酒中风半年
神奇恢复的二大爷
说这么长的一句话
累得口水都流了下来

2016/3

伊沙点评：不是口语诗更擅长表现生活的层面，而是口语诗人更爱日常的平凡的人生——这就是西毒何殇所说的：口语诗是世界观。从本诗中，你可以看到诗人对故乡、乡亲、乡酒、酒令这些平凡事物打心眼里迸发的爱，这比“我爱……”语式的抒情诗要高级得多。而这一切，与现实生活中的作者高度吻合。

在马来西亚的云顶赌场

如也

太多赌徒跳楼
从海拔1800米的云顶

这个拥有6118间客房的赌场
飘浮在云雾间
像道家的洞天福地

现在窗开一掌宽
每间房都如此固定
当飞仙
须另找地儿

每个卧室的天花板
都画有黑箭头
（我第一次头悬达摩克利斯之剑入睡）
指着祈祷的方向

2016/2/12

伊沙点评：根据湘莲子在越南行结束半年以后方才写出杰作的经验，我知道“南行记”对于很多当事诗人并未结束，本诗便是一个例子。与我的那一首同题材，却有完全不同的表现，可以相互参照来读。如也属于稳健型的实力诗人，他在第五季的崛起，增强了广东诗群的实力。

2016.4.13

一只蚂蚁的身高

阿文

从脚面出发
到达足三里
只需十秒
上行至足五里
还需二十秒左右
以此推进
一分钟后
足以到达头顶
有人问过我的身高
我告诉他
有一分钟的高度
他连连摇头
六十秒，他略显明白
就是说一只蚂蚁
仅需六十步
便可抵达一个人的峰顶
当一只黄蚂蚁
踩着你的脸
与你对视
该有着怎样的表情
想到这，就在这
胸口之处
将一只向上攀爬的蚂蚁
迎面推了下去

伊沙点评：《新世纪诗典》系列诗会的每一场，我都希望看见新面孔，3.25北京“磨铁之锋”朗诵会，我看见的新面孔是中国最好的打工诗人阿文。我知道我从茫茫稿海中选出的诗人有多厉害，所以在现场，在其诗面前，我反而没有大家兴奋。上半场结束时，西娃的女儿列了她心目中的前三名（她认为她妈最差），阿文赫然在列。我认为在第一轮“常规赛”中，本诗仅次于沈浩波那一首。

霜降之夜

里所

霜降的雨水此刻在响
我释放的盐，挂在脸上还未洗去
早早就躺下了，床头的灯光照着
那个疯狂而疲倦的场景慢慢褪去
我们都豢养起猛兽，柔软下来
你虚弱地陷在椅子里，
读了一段白天的日记

这是个完美的世界，因为我们还能
击溃对方
多么费解的矛盾：我们的精神
并没有融进，我们的身体

我们不停追逐着它
充沛的花冠，脱尽了水分
在霜降之夜
我已交不出我的性，用于救你

2015/10/27

伊沙点评：知识分子特爱说："哎呦，某某是技术上的完美主义者。""哎呦，某某某在技术上可挑剔了。"后来我发现全是自欺欺人的谎言，他们的诗歌哲学是：蒙上了算！怎么可能追求完美呢？五年《新世纪诗典》推荐下来，我发现我才是技术上的完美主义者，有技术毛病的诗，整体上再好，我也不会推荐。里所，即李淑敏，我的学生，我对其诗最满意的地方就是技术上扎扎实实，挑不出任何毛病。本诗内在的纠结、痛苦、锋利，也是十分强大的。

2016.4.5

这首诗应有人懂

朱剑

我和一群人
坐在一排木制长椅上
候车时
睡着了
醒来身边
已空无一人
一列火车
以一节烟灰的形态
停在前方

伊沙点评：做长安诗歌节的同仁——不，具体说来是做伊沙的朋友，不容易！我是那种发现朋友一丁点好与坏都要说出来的人，不少故人与我渐行渐远，就是这个原因，别信他们自欺欺人的道德审判。本诗刚在长安诗歌节某场被订货，又在群里被我批。我批主要是在说他在第六季先发部队中趋弱了，未成排头兵，还有其好诗都呈“一点开花”之单调结构。本诗的好处在于，朱剑笔下出现了超现实。缺点嘛，我想作为伊诗专家，意识到了，重视起来不难解决。

曼谷的乌鸦

图雅

这么干净美丽的地方
乌鸦也干净得如同剪碎的黑缎子

绿地上撒一些
花树上撒一些
河面上撒一些
蓝天上撒一些

它们突然飞起
又发出撕缎子的声音

2016/2/17

伊沙点评：《新世纪诗典》中糊涂姐多，图雅是我命名的第一个糊涂姐。所谓糊涂姐，是指诗坛盲、江湖盲，在写诗上，人可不糊涂，甚至大人精。中国比图雅更先锋的诗人有几个？男的女的加一起！在连出猛诗之后，写出一首小精致，我都替她松了一口气，欣然订货。

大台

江湖海

马头山的地富反坏右
下午分头行动
挨家挨户搬出木桌
汗流浃背地
扛到生产队的晒谷场
拼成一张大台
晚上自己爬到台上挨斗
右派张文勇
经不起皮鞭抽打
一头栽倒在
大台前沿的木桌上
细心的人看出
那正是张文勇从张里范家
扛来的木桌

2016/3

伊沙点评：不用嚷嚷，不用整天敲打别人的灵魂，该写的东西总有人会写，史失，诗在！文失，诗在！也许你会觉得本诗还不够振聋发聩，我觉得与诗人的写作存在的问题有关：老江在思路与质地上有点双重“自旧”（我新发明的词）。何谓“自旧”？你不求新求异，必然“自旧”，一些写龄长、写得多的人（不管年龄）便会遇到这个问题。

灯绳

侯马

灯绳带来的光明感更强烈
灯绳带来的黑暗更彻底
灯绳做梦都站得笔直
以便暗中的手在固定的位置握住它
灯绳同样的一个动作
却可以带来相反的两个后果
对此灯绳一无所知
它只是一旦错了就再试一次
更早的时候
灯绳要浸身火海才有光明
它有金刚不坏之躯
但我难忘的灯绳还不是自杀的那条
而是有一天我一伸手
它竟然唱起了东方红

2016/1/24

伊沙点评：此刻诗人侯马正在塞尔维亚访问，今晚当他看手机时一定会感慨：哦，祖国就是《新世纪诗典》！三天后，当他回国，将回到诗之长安，一项专业大奖和一场高水平的研讨会在等待着他。中国当代真正的诗人们，用自己的诗歌追求为自己营建了精神的祖国与故乡，他们幸福自知。本诗来自3.25北京“磨铁之锋”朗诵会的现场订货，当晚我批评了扎堆写黑暗的诗人，但绝不包括这一首，因为它充满了鲜活的细节和事实的诗意。

愚人节，我默默拉黑了一个长得很漂亮的学妹

左右

晚上
一个可爱的学妹
向我发来祝福
清明节快乐

2016/4/1

伊沙点评：盘点《新世纪诗典》这五年，我发现在推荐过一首诗的诗人中，85后与90后流失现象很严重，领到一块敲门砖就跑了，去敲世界的门，门未敲开，人不见了。到今天，左右已经握有13块敲门砖了，各式各样的门也都被他敲开了。他是这个年龄段中发诗最多、得奖最多的诗人，但他考虑的却是，如何写得更好。于是一个从未在口头上使用过口语的人摇身一变成了口语诗人——这是当代诗歌一个耐人寻味的个案。

什么在响

蒲永见

什么在响
在床下、在凳子的表层
在脚印触及的地方
我总觉得什么在响

我的投影像道路
被白天和黑夜更替
于是在空中不断增大
我没有什么非凡
我经常以普通人的身份
在阳光下进进出出
我看见同志们微笑着
我也微笑
只是
我从来不哭

时间洞穿门缝
像剪刀，裁减我的日历
我从来不哭
夜夜微笑着进入梦境
每次醒来之前
总会有某种暗示
以敲门和打钟的姿态
呼应

我知道一些东西已经灭绝

　　一些东西尚未死亡

　　一些东西正待复苏

而我的触觉和听觉都未生锈

我总觉得

在我的身后我的头顶

什么

一

直

在

响

伊沙点评：每年春天，桃花开的时候，一帮诗林高手要从五湖四海赶到江油，去拜谒“祖诗爷”——李太白之墓，一位大哥总是准时等在那里，准备好香火，搭好了祭台，备好了诗案。那位大哥姓蒲，江湖上称“蒲哥”。蒲哥，南人北相，身长七尺，美髯公也，我总觉得他是李太白的嫡孙，长年守护着祖坟，见到蒲哥，就是见到“祖诗爷”了。

2016.4.21

街檐边的老人

蒋雪峰

他一个人
坐在街檐边
打盹

走到这一天
应该走了很久
有很多人陪着
他也陪着别人

走着走着走散了

有的去了天上
有的去了地下
有的还在医院

有的和他
在同一座城市
坐在街檐下
一个人打盹
老死不相往来

伊沙点评：一想到大后天就可以在江油见到老蒋，我的脸上已经浮上了微笑。有些朋友让你想起来就喜感、就吉祥，一年不见，我预感他又胖了，他说他是食神真身，便一辈子空喊减肥而未果，我们都是对美食有欲望的人，也是热爱生活的人，以本诗为证：不谙世事、不通人性、不说人话者，哪里写得出来这样通透老辣一击中的的诗？

采风

马培松

2016.4.22

说是采风
刚一下车
主办方就把
艺术家们
迎进预先铺设好的
工作室

整个上午
艺术家们
在主人的要求下
龙飞凤舞
挥汗如雨

一个老画家
终于抬起头来
对站在身边看画的人说
可不可以
把窗户打开
给房间采点风

伊沙点评：马培松的《北京真大》已经成为同行口中常常谈起的名作。与他所处的体制内的位置相比，他“说怪话”的诗风（最早出自拉丁美洲）令我感到惊喜！有人说，解构的手法只能用一次，那为什么抒情的手法可以用一生？所以，不要相信这些充满偏见的狗屁话，解构的手法用N次就会有N种精彩。

2016.4.23

三个基督徒到医院探望一位病友兄弟

君儿

围着病床
他们祷告
每人一段
各不相同

然后他们唱歌
这次曲调一样
内容相同
结尾都呼“阿门”

他们的病友兄弟
得了帕金森症
坐在白床单上
整个过程只是不停摇头

伊沙点评：君不见，自打《新世纪诗典》创设了李白诗歌奖，真正优秀诗人的得奖荒被缓解了，一些“无冕之王”“无冕之后”被解放了。中国不缺得奖专业户，发奖的人很多都是狗脑子，这些人在创作上无霸气，在得奖上却很霸道，他们真的写得好吗？屁！没有李白诗歌奖，君儿零获奖的纪录不知要延续到什么时候？半生不得，一得就得最大的，祖诗爷看不过眼显灵了！本主持颁奖前夜江油推荐。

中国秘密

宋壮壮

2016.4.24

初中二年级
我哥和全校学生
被卡车拉到公路两侧
每个人的手中
拿了塑料的假花
等待很久之后
晃动着塑料花
喊着“欢迎！欢迎！……”
几辆轿车快速过去了
他们再爬上卡车
返回学校
自始至终
他们都不知道
欢迎的是谁

2016/2/3

伊沙点评：一部分《新世纪诗典》诗人欢聚在李白故里江油，参加第五届李白诗歌奖颁奖礼朗诵会。昨天我们几个诗人还谈到，《新世纪诗典》或可成为“一个民族的秘史”（巴尔扎克语）。这本来是该由史诗式的长篇小说承担的，如果没有，完成了现代化的诗人便挺身而出。本诗呈现的便是时代隐秘的细节和心迹，出现在一位85后诗人笔下，是令人欣慰的。本主持江油推荐。

2016.4.25

我正在看白蛇传

康蚂

儿子从厕所跑出来
告诉我他刚才
拉出一座塔

2016

伊沙点评： 恶谑之诗久未见，让我怪想念的，想起以前在诗江湖论坛，这样的诗是一大存在，《新世纪诗典》这五年，似乎见得少了。3.25北京“磨铁之锋”朗诵会那晚，我一听到本诗，便当场订货。中文现代诗肯定是越来越成熟，但我不希望成熟就等于变成好孩子、乖孩子。自然、有效、严肃的“犯坏”“犯浑”是需要的、可贵的、有魅力的。

在路边小摊买猪头肉

王那厮

他正在切肉
我还没给他钱
突然有人一声大喊
城管来了
快跑
他神情一滞
把刀往案板一扔
跳上车
骑着就开始飞跑
我愣然了一下
也开始跟着他奔跑
一起奔跑的
还有很多
小三轮们
他们跑啊
跑
我也跟着跑啊
跑
直到现在
我也不知道
我他妈到底在跑什么

伊沙点评： 本诗是3．25北京“磨铁之锋”朗诵会上的亮点之一。本诗作者是当晚被当场订货的一位新人，是第六季开始后推荐的第一位新人，在第六季里，我们拟将推出一百位新人，占总篇幅的三分之一。我在现场对本诗作者的点评是：感觉好。所谓“感觉好”，包括两方面，一是对诗的感觉好，一是对生活对人生对人性的感觉好。

2016.4.27

与我们无关

沙冒智化

那个生在天堂的人与我们无关
那个看着时间的人与我们无关
那个满身贪婪的人与我们无关
那个猛烧泪水的人与我们无关
那个刺痛骨髓的人与我们无关
那个梦里喊叫的人与我们无关
那个悬崖勒马的人与我们无关
那个没有信仰的人与我们无关
那个外表含蓄的人与我们无关
那个害羞装傻的人与我们无关

佛祖、上帝、安拉，与我们无关
这一刻，时间停止
让我们大声告诉世界
除了爱
我与一切无关

2016/3/21
（世界诗歌之日）

伊沙点评：作者是我在去年上海草地诗会上认识的藏族诗人，他用藏汉双语写作，那时候我听他的汉语诗，觉得还不行，但已经可以听出，是汉语纯熟度上的欠缺，诗思与才情似无问题，这样的诗人我愿意等。他没有让我失望，仅用半年就写出了达标之作。五年《新世纪诗典》，藏族诗人在这里成长得很好。

女人容易被原谅

冈居木

2016.4.28

发现前方路口有查酒驾的警察
他赶紧停车
让同样喝了酒的妻子坐到驾驶座上
殊不知，这一幕早已被警察看在眼里
警察问他为何让妻子顶替他
他说，女人容易被原谅

伊沙点评：《新世纪诗典》系列诗会越办越多，越办越密集，到目前为止，也是越办越好——一场诗会办得好不好，在这里不是一笔糊涂账，以每会订货数计。本诗又是来自3.25北京“磨铁之锋”朗诵会的订货。作者在网上看到预告的会讯便去了——我希望在以后的活动中，这样的诗人越来越多。现在我们可以说，“磨铁之锋”以其高质量的作品为《新世纪诗典》第六季制造了一个“高开”的好局。

2016.4.29

夜晚把我的房子变成宫殿

杨于军

夜晚把我的房子变成宫殿
伤痕和破败被映照得异常华丽
堪比玉石　琉璃和锦缎
塞北
江南
西域
东罗马
万国来朝　奉上各种文字
如奇花异草
任我弹奏　吟唱
遵从屈子
伯牙
景仰嵇康
姜夔
哀怜唐明皇
李后主
笙箫琴瑟
暗香疏影
萦绕亭台楼榭
句句绝响
阕阕流芳

王者在自己的宫殿不会迷路
但是我会
王者沉溺文艺会失去江山
我永远不会

伊沙点评：刚在四川江油李白故里参加了非常高大上的潘洗尘作品研讨会，我在会上向70后以上的同行介绍了潘早年的辉煌：如果说潘是80年代前期中国校园诗歌的王，那么他的黑龙江老乡、今天推荐的女诗人杨于军便是80年代中后期中国校园诗歌的女王。当年她最有力的推手是我的旧友沈奇，当年她的抒情诗灵光四射，当年其作被欺世盗名的著名诗人抄袭还要发表在《人民文学》上。之后是漫长的沉默，去年她的母校西安交通大学为其举办声势浩大的研讨会，令我这北师大毕业生看着眼红。不过，当她重出江湖，中国诗歌早已物是人非，她也面临着急需现代化的问题。

2016.4.30

为什么总想起死去的人

唐小米

想起他们做什么呢
又不能扒开土
把他们拽出来
像扒出一块遗落的红薯

又不能让他们复活
像把一块红薯放进一筐红薯里

又不能把他们切碎了
做出无数个新人
像把一筐红薯做成薯片儿

叫他们出来做什么呢
其实我也讨厌过他们
在他们骂我、打我、抢我风头时

还是让他们在土里待着吧
像安静的红薯
一座小小的坟墓
顶着青青的叶子

伊沙点评：本诗来自沈浩波的助攻，翻检这五年的助攻总榜，浩波纪录并不差，加把油，也是李白诗歌奖推荐奖的人选。本诗作者来自唐山，让我顿生感慨：哦，河北诗人久违了！他们好像串通好了似的，拒不给《新世纪诗典》投稿，而坛子之外的意外又几乎没有。本诗写得有灵气，放在今天推荐，没有他意，纯属巧合。

2016.5.1

为了一份黑椒牛柳饭

千夜

为了一份黑椒牛柳饭
我站成门神

20分钟
我扮演了
哨兵
大将军
礼仪小姐
站街的妓女
怀孕了的母亲
独守空房的怨妇
裸露着大腿的白领
坐在摩天大厦顶楼的CEO
一半身子埋进土里的守墓人

您的外卖到了
一头牛临死前哈了最后一口气 说

伊沙点评：“五一”劳动节到了，以往每到节日，总是要安排一位满额推荐者，从今开始不了——如果说《新世纪诗典》前五年是重建秩序，那么后五年绝不拘泥于自己建立的秩序。今天推荐的诗来自一位满额推荐者的推荐：1954年出生的严力推荐了1997年出生的千夜。严力先生首次推荐新人，说明《新世纪诗典》真的做成了，做大了。我将此诗放在节日隆重推荐的另一个理由是，这才是21世纪当其时的真正的主流诗歌。

2016.5.2

死了吧，死了好

李荼

山墙下面
有个空空的猪食槽
阳光在那里饮水

猪食槽旁边是驴棚
里面空无一驴

我娘在东屋织布
织布机咣当咣当
她织着织着就望向山墙
山墙里有个女人对她说
“红红娘，死了吧，死了好。”

伊沙点评：人脑也呆，有人把我的推荐语不当做点评，他们以为世上有一种文体叫“推荐语”，我只知道它属于文学批评。所以，在推荐语中说坏话的事也是不少发生的。以往提醒过李荼不要故意求怪，这次又要说坏话了：本诗很好，从诗歌与文学的标准判断，但我总觉得有点不舒服，甚至于李荼所有的诗都给我这个感觉，但又难以一言以蔽之：这“不舒服”究竟是什么，我想到了“正声”提法的必要性。

2016.5.3

父亲

从容

我对你的身体一直非常好奇
小时候，妈妈在讲“海的女儿”
你在帘子后面洗澡
我装作睡着，希望看见你拉开布的刹那
像一个雕塑出现在我面前

可是每一次我的狡诈都成为泡影
此时
男人们在一间水房里哗哗地冲洗你
用白布和藏红花，用诵经声把你裹紧

我紧紧搂着你的头
我俩身体的汗味同属一种
终于在开往墓地的车上混合
你的一缕头发被藏在化妆袋里
为了提醒自己，你还在

我知道你在我必经的白色楼梯上
在修地铁的十字路口
在我手握的方向盘上
在我的枕边
每天

伊沙点评：写抒情诗是需要天赋的，从容就有这样的天赋，她每一首推荐诗叫人读来都感到震撼，从抒情的浓度与真挚来说，她是中国当前最出色的抒情诗人之一。我看到那么虚情假意的冷血动物在抒情，他们只敢做集体泛抒情，在他们的诗中，连亲人、爱人都不是具体的“这一个”。在中国，写得“大”没啥了不起，我们的文学教育就是唯大为上的。在这样的环境中，从容这样的抒情诗人便更加难能可贵。

2016.5.4

两只骷髅的爱情

芽子

它们要接吻
没了舌头
它们想难过
没有眼泪

那就紧紧地拥抱
用力地吻

骨头响了
骨头裂了
骨头碎了

路过的人看见
将它们扫在一起
只是一堆白骨
埋入同一个土坑

伊沙点评：我只需要告诉你：这是4月长安诗歌盛典上高调进入决赛的作品，你就可以明白为什么像秦巴子这样的名家得不上奖——在《新世纪诗典》和长安诗歌节刷新的诗歌空气中，这是经常会发生的，可中国诗坛呢？一位新锐休想对名家构成挑战，他们不会给你机会，他们会把名家当老弱病残保护起来，把新锐死死压在下面。芽子是画家，同时是真美女，那就无须进入臭烘烘的诗坛了，这样的话，你可以写得长久。

第二辑　最小的字被刻在头发丝上

也有更大的字印成标语
印成广告，被大海和女人衬托
向虚空发出承诺。而最小的字
被刻在头发上永久保存

——马丁

2016.5.5

台湾地震时

张甫秋

正是一年的春节
我发送
“还好吗”的信息
对方无应答
已经过了4天
我才开始回忆
这个认识8年的朋友
面对茫茫的信息海
我竟然无从搜索
相关遇难名单
其实我根本不知道
他的名字或者
他住在高雄还是台南

伊沙点评：本诗为长安诗歌节江油场进入决赛的订货作品，我记得作者念完之后，陕西60后诗人白立点评道：小感觉！我当即提出异议：这个感觉可不小啊！或者说，这位85后诗人是通过小感觉来表现大情怀、大关怀、大悲悯。而不是60后诗人（主要是65前诗人）习惯的那种以大见大，要么大，要么小。中国现代诗的发展逼迫诗人的自我现代化，顺之则昌，逆之则亡，毫不含糊，残酷无情。

养老院里的客人

唐欣

2016.5.6

命运女神有时也喜欢
开玩笑的安排　既然没有
招待所　来参加比赛的
他和学生们只好住进了
此间的一家养老院
也不错 提前体验一下
未来 还不算贵 像某个
宾馆 也确实跟住宾馆
差不多 虽然几乎没有
什么服务 倒是安静
暖气烧得很热
就是伙食挺清淡的
不知是不是这个原因
结果他们的战绩
排在了最后一名

2016/1

伊沙点评：老唐看世界的方式与我相近。即便是老朋友，对老唐也常有新发现，上届长安大奖评选时，我们发现他是有大态度的诗人（那就是大诗人），其诗属于先进的意识形态。我近来的顿悟是：他其实是口语诗最大的遗老，死不悔改的鹰派，拒绝搬迁的钉子户。

父爱

潘洗尘

女儿越来越大
老爸越来越老

面对这满世界的流氓
有没有哪家整形医院
可以把我这副老骨头
整成钢的

——哪怕就一只拳头

2016/4/16

伊沙点评： 作为对《新世纪诗典》李白诗歌奖最高奖——成就奖得主奖励的一部分，我们每年要在李白故里——四川江油为其举办一场隆重而又专业的个人作品研讨会，作为第五届得主的潘洗尘刚刚享受到了这番礼遇。在国际诗歌小镇（青莲）一座极其现代化的会议室里，研讨会开得十分高大上，从我个人感受来说，这是多年以来我所亲历过的一场最好的研讨会，因为经过一个下午的研讨，潘洗尘在我心目中的诗人地位又有所提高，让我由衷地觉得，我一人一票制（成就奖）的决定是正确的。

我是被母亲惯坏的

公子琹

2016.5.8

梦到天堂
顺便看看母亲
她还是住三层水泥房
我进去时
她正在用洗衣板洗衣服
我说：“怎么不买个洗衣机？是不是钱不够用？”
她说：“那钱我存着给你将来买房。”
我大吃一惊：“可我房子已经买了！”
她回答：“你在这边还没有啊！”

伊沙点评：母亲节到，献给母亲的诗开始刷屏，纵使你们发出了1000首好诗，我也会推出最特别的第1001首——这就是《新世纪诗典》的作风、精神、能力与信誉！并且压根儿不用精心准备。本诗只是来自正常的选稿，本诗作者只是一位出生于1994年的“新人”。《新世纪诗典》成就来自得道多助、万事俱备，但本质核心是本主持选诗的毒眼，好诗是选出来的——我们又一次重返常识。

无题

李勋阳

年轻父母
将小男孩
推在手推车里
头顶理了个
苹果手机
的LOGO

伊沙点评：长安诗歌节江油场现场订货作品，他一读，大伙就笑了，怪怂就是怪怂！也许，其文本还不是《新世纪诗典》中最怪的一例，但是他怪得自然、真实、好玩、先进，他怪得人诗合一，他怪得具有阳刚之气。《新世纪诗典》这块蛋糕越做越大，李诗便显得越来越可贵，因为其辨识度高，是蛋糕上那几颗最醒目的樱桃或草莓之一！看到伊门弟子性格各异、才华横溢、底气十足、茁壮成长，我心甚慰！

2016.5.10

有时候你们全在，有时候一个都不在

韩敬源

有时候我想和远方的你们联系
但不想打电话
就用微信
有时候你们全在
有时候一个
都不在
你们彼此并不认识
但都像约好了似的

伊沙点评：从上大学到教大学，一路走过来我发现一条规律：学生干部往往日后会走上仕途。我的学生韩敬源也应了这条规律，当年的团支书如今成了系副主任。做何种职业、当不当官都不是写诗的禁忌，关键要看你的内心和面对诗歌的态度。本诗是长安诗歌节江油场的订货作品，当时读完有人说“信息量不够”，我倒不觉得，我觉得这种感觉有其耐人寻味的神秘性。

2016.5.11

死海的石头

苏不归

死海来的石头
冷如冰
带着咸味

不断有水
从窟窿里渗出
在庭院的木桌上

死海的石头
站在自己的一滩水渍里
提醒我

它是活的

2016/4/13

伊沙点评：《新世纪诗典》中洋范儿少，所以每次见到苏不归，我都不忘当面鼓励他，最近一次见面我还提到了吴雨伦：“走的也是洋范儿”——足见我对这个路向的欣赏与肯定。本诗不仅仅是洋范儿，它升级了，你完全可以把它当做一首纯诗来读——这是作者功力加深加厚、提纯能力加强所致。《新世纪诗典》五年来，我见证了许多诗人的成长与壮大，与诗典愈亲，进步愈大，这很公道！

2016.5.12

梦境：烧钱

白立

清明时节
去给父亲扫墓
孝顺的妻子不能同去
便提前买来纸钱放在桌上
我抓起来就走

在父亲墓地烧钱时我感叹:
印刷术真发达
这冥币做得跟真币一样
烧了让人有点心疼

这时候
妻子来电话说:
“你上坟怎么没带上桌上的纸钱?
另外我刚取的两万块钱哪去了?”

我听完电话立刻大哭
哭得好伤心
路过的人纷纷赞赏：真孝顺啊
扫墓哭成这样的孝子
真是不多见了

夜里梦见父亲说：
儿子啊，你怎么害我啊
阴间的警察抓我了
说老爸使用假币……

伊沙点评：活动做得好不好？在我的《新世纪诗典》以订货作品质量与数量计。本诗又是江油诗歌盛典的订货作品，在白立朗读本诗的过程中，全场都在笑，笑得前仰后合，笑过之后，有人提出异议：说是网上有个类似的段子——我不是头一回听到类似的意见，我的回答是：好诗不问出处，只要最后写成了一首好诗，我管你原材料是真实的生活还是网上的段子。有些同志，不知道抢先写，老做事后诸葛亮。

隔壁的喇叭

桑格尔

隔壁的喇叭又响了
跟昨天一样
一二一，韵律体操
被改造的四川话
重复着北京的腔调
一二三四 一二三四
一二三四
左右左
左右左
原地踏步，一样的手势
统一的表情
跟周五一样
一二一，韵律体操
被改造的四川话
重复着北京的腔调
一二三四 一二三四
一二三四
左右左
左右左
原地踏步，一样的手势
统一的表情

伊沙点评：本诗在意义上无须解释，你们懂的，因为你们就是在这口令中长大的；至于在诗的发生学上，你们中一定有人又会跳出来说："这也是诗？"——那也不解释，因为三十年前，我对你们的爷爷解释过；十年前，我对你们的爹爹解释过，今天我拒绝再对你们解释，你们家族也该自我进化了！中国的大众读者是中国先锋诗人的负担，这负担我是不背的，背起这个负担前行，我跑不快。

2016.5.13

裤衩

王犟

当我快活时
把你扔在一边
当快乐结束时
再把你穿上
你叫裤衩
但你又不叫裤衩
你穿在
每一个大人物身上时
还有另外的称呼
秘书?不对
司机?不对
保镖?不对
翻译?不对
助理?不对
……
哦!
想起来啦
那天
你的主人
就拍着你的袖口喊你过
嗨!
贴身的

伊沙点评：我在一个暂时保密的大项中，对于满额或高额推荐诗人感到了不同程度的失望，他们要么整体单调，要么越来越不提供新鲜，事实上，所谓“新人”提供的新鲜感早就多过老作者了，这个道理很简单：推荐得越多展示得越过充分，而你们的第N首强不过别人的第一首，于是就越来越闷。本诗就是证明，我个人非常喜欢，不但入选《新世纪诗典》，还破格直接选入“秘密大项”。作者当为《新世纪诗典》第三位真农民诗人，真农民写诗真厉害!

看女儿玩俄罗斯套娃

何文

2016.5.15

从大往小拆
一边玩，一边说
这是我们学校
并且一一念出他们的名字:
校长，班主任，班长，组长
最小的一个，她低声说:我
如果她知道在现实中
在省长县长镇长村长后
那个小小的村民才是她
语气肯定更忧伤

从小到大重新组装
她说，这是我家
嘴里叫着他们的新名字
爸爸，奶奶，妈妈，哥哥
最大一个，她高声说:我
如果允许她将亲人朋友
以及全人类都装在心里
她会骄傲得像伟大的圣母

伊沙点评：在江油，何文并未获得现场订货的待遇，回去马上发一组到我邮箱，于是便有了今天推荐的这一首，不但入选《新世纪诗典》，还直接入选8月在青海诗会将要揭晓的“秘密大项”——主动而为的态度，决定了自己作品的命运。有些诗人以性格为借口，长期耽误自己的诗，不要把责任全都推给不良的环境。本诗是既有中国性又有世界性的佳作。

2016.5.16

寻狗启事

赵斌

站在街道旁的一根水泥电杆
张贴着一则寻狗启事
下一根电杆贴着同样的启事
下一根 再下一根
一根不落地贴满了整条街

那一张张启事
仿佛是那条走失的狗
此前经过时
用它的尿液一一做下的标记

经过街口的红绿灯时
那些启事又走向其他街道的电杆
送去它白纸黑字写成的耐心

转过街角 一个迷路的老人
望着闪烁不停的红绿灯
正不知所措地站在那里

伊沙点评： 本诗是4月江油诗歌盛典现场订货作品，我还记得自己高喊出的“订货”之声。像朱剑、游连斌这样的“伊诗电脑”一定记得，我曾写过一首类似的诗，在更早时候，我不会怀疑赵斌模仿了我（像某些被抄袭焦虑症患者），我只是觉得他以自己的方式写得很棒。蒲永见说我跟江油诗人群有缘，这缘起自于我的执念：生养李白之地，怎么可能不孕育当代诗人！——你说这是唯物还是唯心？

上升的和落下的

王国平

上升的是露水 是鸟羽
是在午夜迷路的天使
是一根看不见的温度计
是越飞越小的雪

而落下的是尘埃 是祝福
是昨天傍晚姐姐打捞的泪水
是集体出逃的台词

我比自己的名字落得更低
任何一粒微尘都比我更高

伊沙点评：还是有人一提《新世纪诗典》就是口语诗，任凭我再辩解都没有用。事实上，口语诗人只占《新世纪诗典》诗人的五分之一（2014年正式统计）。我日渐明白了，他们是把口语化全归口语诗，他们还将口语化尺度放得特别大。本诗显然不是口语诗，有没有一点口语化？我认为是没有的，你们呢？我感觉有些读者，年纪轻轻，却像生活在“五四”以前，活在晚清，你们不觉得自己可耻吗？

2016.5.18

错过

马非

在刚刚过去的夏天
在西安小寨的天桥上
我被一位大学同窗
也是前女友拍入手机
她当时并不知道
是在事后整理照片时发现的
而我是在她把照片发过来后
才知道在那个时刻
我们俩同时出现在一个地点
硬生生地错过了
其时她在拍摄一个乞丐
无意间把我也拍了进去
从照片上看
我正经过这个乞丐
没给钱

伊沙点评：欢迎马非访美归国！目前，对于一个真正的诗人来说，大概没有比《新世纪诗典》推荐更好的欢迎仪式了吧？我手头刚刚脱稿的“秘密大项”便是始于马非的动议，此刻我心情非但未得轻松，反倒有些沉重，为一些名诗人+老朋友的示（诗）弱。马非经受住了此次严酷的考验，却没有带来特大的惊喜，路遥知马力，继续前进吧！本诗的最大特点是戏剧性，但又不失真实感，是口语高手擅长的路数。

2016.5.19

在一家咖啡馆的墙壁上看到的电影海报

吴雨伦

罗马
被写在一个女人的裙摆上
顶天立地的健壮女人
脸颊泛红
双手插腰
黑色上衣
身材占满整张海报
只露出一点暗红色的天空
和黑色的云
眼睛装下整个意大利
导演把名字写在她的胸上

伊沙点评： 本主持50岁生日这天想对自己好一点，推荐儿子吴雨伦的诗。这一年来，他在诗歌界出名很快，他不知道有很多人知道他，他过着一个学电影的大学生的正常生活：上课、读书、排戏、学写剧本，偶尔写诗，对诗歌发表和荣誉麻木不仁，对诗歌活动一概拒绝……我看在眼里，喜在心头。我也注意到他写诗时所表现出的少年老成，多思多虑，绝不轻易出手，出手便不留败笔，每写一首也是反复修改的，他继续着自己薄产质优的没有青春期的写作节奏。本诗是典型性的现代诗，不需要再说什么了。

2016.5.20

箱子里的耶稣

西娃

依然是玫瑰教堂
一间展示
耶稣受难作品的房间
不同艺术家通过想象
把同一个耶稣
钉在木质的、铁质的、银质的……
十字架上

无论耶稣此刻在哪里
都有一个他
在艺术家的手里
反反复复地受难

在一个敞开的箱子里
我看到耶稣的头颅
四肢，身体，分离着
又堆积在一起
他平静的蓝色瞳孔里
一个佛教徒
正泪流满面

2016/4/5

伊沙点评：好极了！没什么说的。西娃靠本诗首次赢得了长安诗歌节的现场冠军。据我所查，二流诗人喜欢西娃的泛抒情诗，一流诗人喜欢西娃的宗教存疑诗——本诗正好合二为一，点赞者必众。“西娃是中国当前最好的女诗人”——这条评论出自《新世纪诗典》诗人，正在不胫而走，如果没有“秘密大项”，我今天也全是好话，可惜有了，便有盛世危言：为什么西娃最好的诗都要搅一搅“庞然大物”（宗教）？她还没有踏入最高的诗境：日常生活的智慧。

星星

西毒何殇

1987年的秋夜
我在树下捉蛐蛐
大11岁的叔叔
告诉我一个秘密
“天上有颗星星是人造的。”

我抬头看了很久
并没有找到
他说
眼睛看不到
要悄悄听
能听见《东方红》的音乐

我俩安静地坐在
山村的院子里
竖着耳朵听
过了好一会儿
他问我，你听见了吗?
我说，只有蛐蛐叫

我也没听见，他说
不过我小时候
跟你一样大那会儿
听见过
这么多年
也许卫星没电了

伊沙点评：西毒何殇在《新世纪诗典》时代的好，让我不解其在诗江湖时代的不好，答案在“秘密大项”中找到了，此人确乎不是天才，他是靠长修修成的。今天他已经把无数天才熬死了，今后还会继续熬死无数天才，但自身也还是存在隐患。他的诗，貌似是活出来的，其实是想出来的写出来的，其本质是文人，不免就常冒文人趣味，而文人趣味是诗歌之敌。

2016.5.22

改名字

梅花驿

在江油，蒲永见喊我
“梅花鹿”
有人喊白立错喊为“立白”
还不如直接喊成“李白”
算了
我以前一直喊朱剑“朱剑”
昨天读秦巴子的《小猪小狗》
说伊沙把朱剑叫小朱
“小朱小朱
时间长了
大家都喊小朱”
今天见到朱剑
我也改口喊他“小朱”了
并决定，从明天开始
喊王有尾“王维”

伊沙点评：梅花驿被河南给搞大了搞重了。该省缺现代诗独立的因子，不论你开始怎么折腾，怎么使小性子，怎么上蹿下跳，时间稍微一长，全都跑到衙门报到去了，就剩下这头“梅花鹿”，孤零零走在干涸的黄河古道上，顶天立地地走在中原大地上。好吧，那就看看谁能东进长安、西进罗马吧。拿本诗来说，纯趣味的诗，稍一保守就不敢写，这头“梅花鹿”已经跑远了，不好追。

清晨看到的蜘蛛网

独禽

蜘蛛，结网
琴声无音

一圈一圈的年轮
晃悠悠的，上面

一个个死结
记录死亡

一个个死亡点上
挂着靓丽的佛珠

2016/5/11

伊沙点评：独化通过微信发了两首诗给我，也不说谁写的，我自然以为是他自己的，刚想回一句：“你终于长诗了！”他告诉我是其弟独禽写的——如此看来，独禽已经超过其兄（诗人们在私底下早有议论）——但是且慢，“秘密大项”告诉我，化强禽弱，因为后者相比《新世纪诗典》这个螺丝，上得更紧，他绷得还是太紧。由此可见，不同的标准，就会检测出不同的结果。好在如今有检测了，中国诗歌再也不是一笔糊涂账。

2016.5.24

梦里回家

马海铁

如果年轻时远走他乡
如今老了，膝前没有孝子
故乡没有房子。那就是梦里回家
功名尘与土，道路云和月
如果故乡一派灰色静默的景致
山河还在，但左邻右舍不见
万户新萧瑟，鬼魂又唱歌
那就是梦里回家。梦里回家
依然悲切。如果陌生人嘴皮在动
没有声音，如果心在哭泣
却没有流出眼泪。那是梦里回家
梦里回家啊！依然悲切
如果传言他成名成家，腰缠万贯
回来时却孑然一身，两手空空
站在低矮屋檐下。那就是梦里回家
如果父母双亡，尸骨无存
没有家产变卖，没有地界划分
只有一片白茫茫大地无际涯
那就是在梦里回家

伊沙点评：昨日推荐独禽，并提及独化，今明两天我要推荐《新世纪诗典》中的另一对兄弟诗人：马丁和马海铁，同样出自大西北。弟弟海铁知名度高些，那就先来。海铁是老朋友，我就有啥说啥，“秘密大项”鉴定出，其文本辨识度高，个人色彩重，这是好的方面。存在的问题是，似应更加强现代性，即便你想抵达的是传统，也应更加强现代性。

2016.5.25

最小的字被刻在头发丝上

马丁

大字印成正文。小字
作为说明和注释，在书下面
背面和末尾。一行更小的字
印在夹缝。往往被忽略

也有更大的字印成标语
印成广告，被大海和女人衬托
向虚空发出承诺。而最小的字
被刻在头发丝上永久保存

伊沙点评：我两次栽倒在同一条河里，事实上，我对马海铁与马丁谁是哥谁是弟从来就没搞清楚，男人啊，最关键的是头上有毛无毛：海铁尚存，从兄变弟；马丁早无，从弟变兄——说明我是视觉动物，当为意象大师。马丁对我来说，比“海铁的兄弟”更大的符号是“唐欣的朋友”，不过老唐的朋友可不都是好人（坏透者亦有之），但我在马丁的笔下看到一种唐欣式的文气与老辣，还是有种特殊的亲切感，本诗的角度太刁了——一个字：好！

2016.5.26

母亲、杏花与麦子

鱼浪

池坪村郑家梁上
杏花遍地
母亲晃动着身子
背来一袋麦种
潮湿的土地上
不久
将会麦浪滚滚
而大雪之后的杏树上
只有几只叽叽喳喳的麻雀
那么像几颗残留的麻杏子

2016/4/17

伊沙点评：昨天，在微信版“典5回顾”中重温了鱼浪的第一首推荐诗：那种独特的锋利的质感依然能够打动我，那首诗从技巧上说是不够的，但有那样的质感也就够了。大概正是因为技巧上不足，没有入选“秘密大项”，这一年，他在《新世纪诗典》的路上走得也并不顺利，去年8月在家门口举行的崆峒山诗会没有订上货，我对他说：“千万别急！”——今天，他的2.0终于来了，技巧上已经很是老道。

路过二丫的家
我朝她家的窗口望了一眼

独扎

路过二丫的家
我朝她家的窗口望了一眼
这一眼对有人而言颇有深意
对有人而言毫无意义
关键是你是谁
你是二丫家的谁
还是我家的谁
或者是别人家的谁

伊沙点评：感谢《诗刊》，在我刚获资格（50岁）一周，就请我来参加“青春回眸·株洲诗会”，刚巧今天推荐的诗人也是我值得回眸的青春的一部分。他曾叫西村、达达，现叫独扎，他是著名诗人西渡的胞弟，是我大学毕业初返长安那段岁月的亲密朋友，我们曾因诗致祸共患难过，他入选过老《诗典》，在停笔多年以后写的诗更加口语化，更得口语诗之精妙，不知其知识分子的胞兄怎么看。

铡草

马菊芳

最怕干的活计是跟父亲铡草
总担心铡刀会玩鳄鱼旋转
咬到父亲粗大的关节

脚趾抠住地
瞪大眼，踮起脚跟，用力——
咔，铡刀又向右侧偏去

2013/6/4

伊沙点评：我记得是在2014年10月，我从美国回来在北京参加的那一场“葵之怒放”诗歌节，马菊芳来了，未被订货，扫兴而归，迄今已经过去了一年零七个月，她成功入典同时加入了《新世纪诗典》诗人访韩团，她的韩国行一定甜蜜而幸福。我感谢她在这一年零七个月里，没有改变自己的价值观。多少作者，一次遇挫，掉头而去，更有甚者，加入骂团，他们真是不给自己可能的进步留有余地。本主持湖南株洲推荐。

2016.5.29

妈妈不知道母亲节

东森林

我们也不祝福妈妈节日快乐
我们只问妈妈今晨大便了吗
昨晚睡着了吗
可妈妈电话里总是说
“你是谁啊，你是谁啊”
妈妈听不出我们的声音了
这世界的声音
正一天天离她远去
可躺在病床上
她还是嫌自己的步子慢
每天都在问
“我怎么还不走啊？”
“我怎么还不走啊？”
九十一岁的母亲
性子还那么急
就像年轻时出门在外
背着包裹
急着要往家赶

伊沙点评：别忘了，口语诗也抒情，口语诗革新了抒情诗，本诗就是一个很好的例子。诗人没有故意以俗反雅，那就是我们的生活；诗人没有腾出手来抒情，那就是最自然的真情流露。纯口语，就是先进——好像有人（包括《新世纪诗典》诗人）怕别人说出这一点。创作变成实绩，能堵得住别人的嘴吗？本诗在获推荐的同时入选“秘密大项”。本主持湖南株洲推荐。

难掩悲伤

艾米

养了三年半的儿子
两年半的闺女
被我亲手
送给了别人
许多次我
嚎啕大哭
想必所有当妈的人都会
理解
一年半过去了但
每次梦见我的狗　我仍会
哭着醒来
我猜这一年半里
我妈梦见我的时候
也是一样
难受

2016/5/14于墨尔本

伊沙点评：从诗江湖过来的诗人，是否还记得"艾米"这个名字？她突然投来诗稿，我才知如今她人已在澳大利亚墨尔本。五年前，初办《新世纪诗典》时，我自愿认领了诗江湖的传统，将诗江湖诗人视为"嫡系部队"。到今天，依旧如此，我期待着更多散落的诗江湖战士，能够听到《新世纪诗典》的集结号声，重新汇聚在一起。对于本诗，没啥说的，口语诗正路，读来就亲切。

梦

王林燕

你的画展开在五月的海上
我多么开心可以跟在你身边
孩子样喋喋不休
看你把天空涂成橙色把爱情涂成蓝色
你身边的女人柿子一样柔软美好
她的长头发是从另一片土地长出来的

当我在霞光里向你挥手告别
调皮的样子让你笑了：这孩子

你不知道的是
我用酒杯接满眼泪给猫喝了
我还怀疑你是不是你
倘若我将别人当做是你
岂不是白爱一场白梦一回
倘若真是这样
我就把酒杯也吃进肚子里去

伊沙点评：本诗是我在微信中发现的，我忽然读到了一种久违的清新之风，就像当年我读到顾城的作品。因为本诗，我忽然反感起“小清新”这个词了，就像我特别反感“文艺”这个词，这个民族强调的很多词其实是用来扼杀自身的创造力的。本诗入典，也足以见得《新世纪诗典》之宽阔，我典之宽阔不是对诗坛照单全收的庸俗玩法，而是自己去发现丰富多彩的好诗。

虚惊一场

游若昕

有一天
我上厕所
擦屁股时
发现有一点
红红的
东西
以为来了月经
但仔细看
又像是彩色笔画的
后来
才发现
这是短裤图案的
一个红点
让我虚惊一场

2016/3/27

伊沙点评： 感谢越来越多的同行尊我为“编选家”，我之编选精神可概括为两点：一、敢选；二、敢不选——五年前，将00后选进《新世纪诗典》就叫“敢选”。五年来，原本当做“童子军”培养的，如今成了“少年先锋队”，面对本诗，一位十岁女诗人的大作，那些一生从未先锋过的同行，你们不觉得可耻吗？我把话撂这儿：全世界的00后都写不过游若昕！有种来比！让我倍感欣慰的是，小丫头是站在我们的肩头摸到了天上的云！

2016.9.2

在寺庙

李异

走进大雄宝殿之前
先经过天王殿
天王殿两边
站着四个巨人似的天王像
有一年我去拜佛
所有人都在给
坐在大堂中央的弥勒佛
上香
只有一个
穿着邋遢的小孩
给旁边的天王
不停地
合掌叩拜
我很好奇
他怎么会
喜欢这个面目凶猛的家伙
便走过去问他
他说
这个人的脑袋
长得像他爸头上戴的那顶
矿工帽

伊沙点评：肯定不止有一种标准来测量一个诗人的分量，在《新世纪诗典》五年推荐总统计——“全球中文诗歌实力榜”上，李异名列第25名；他因2014年的优异表现而获得35岁以下诗人参评的长安诗歌节第二届“唐”青年诗人奖，同时还获得了《新世纪诗典》第四届李白诗歌奖铜诗奖，在“秘密大项”测试中，他也居于上乘——这些似乎还没有测出他最棒的一面，最有效的测试刚刚发生了。《新世纪诗典》“中国21世纪十五大城市诗人”评选刚揭晓，他名列第二。发自身体的先锋性、气质里散发出的城市感令其卓尔不群。有人说我的门生韩敬源更像侯马的学生、李勋阳更像徐江的学生，没人说李异更像别人的学生，他像不出去了，只好像我。

2016.6.3

亲戚

蒋涛

我穿过小区
看见清洁工阿姨
在晒已经不属于我的鸭绒被
看见收垃圾的两口子
大叔穿着我的阿迪裤子
大妈穿着我的阿迪上衣
还有两个民工小伙儿
坐在马路牙子上
穿着我同款不同色的耐克鞋
这些人
都像我的亲戚

2016/4/10

伊沙点评：付出与收获往往有个时间上的错位，蒋涛赢来了他的收获季。《新世纪诗典》第五届“李白诗歌奖·铜诗奖”是他平生的第一尊诗歌奖杯，在“中国21世纪十五大城市诗人”评选中以第九名当选，也是分量不轻的荣誉，但此时他却是处在自己五年来的一个瓶颈期，不管是写不讲道理还是讲道理的诗，他一失去灵气就完了——但是本诗却让我看到了另一种可能，他也可以写现实，也可以现实的质感取胜。新时期以来的文学界特别歧视现实主义，其实写家心里明白，不论小说还是诗，能写现实才是真本领，才能维系日常写作。

2016.6.4

宾州松塔小镇中餐厅

洪君植

终于找到中餐厅
是一个外卖店
如果在中国
他们做的饭菜
绝对上不了桌
但在这里
独一无二

吃得不可口
还是觉得很舒服
餐毕到后院抽烟
松树干上飘着一面
五星红旗

夕阳西下 红得耀眼
顿时让我
泪流满面

伊沙点评： 在刚刚揭晓的《新世纪诗典》“中国21世纪十五大城市诗人”评选中，才获得一次推荐的洪君植被人提了名，虽未当选，但提得有理。老洪一看就是城市诗人，随着他不断写开，他所居住的纽约会给他提供更大的帮助，我预感到他的上升空间将会很大。本诗真是写到了我的心坎里，只有出过国的人才会了解长居国外的人有多爱国！据我所知，作者正在申请加入美国国籍——这丝毫不影响他爱国，什么叫祖国？生身之地就是祖国，他的族裔是朝鲜，他的祖国是中国，即使他的国籍是美国，他也是永远的中国朝鲜族人。

第三辑　成吉思汗的部队没有粮草官

每个人都要
自备干粮
牛肉干
羊肉干
奶酪干
压缩饼干

——轩辕轼轲

2016.6.5

无题

蛮蛮

姥姥不识字
却有一本繁体《圣经》
据说是从娘家带来的嫁妆
我才开始学认字
姥姥就让我一半认一半猜
念给她听
听说我毕业
要写一篇
几万字的文章
姥姥惊呼
这得要多大的学问啊
她说：只能这样了
《圣经》给你
那么多笔画
那么多字
总有一个
你能用上

伊沙点评：在第六届“包商银行杯”全国大学生征文大赛中，在知识分子诗人与北京几所大学的教授组成的评委的评判下，我的学生倪广慧（蛮蛮）获得了诗歌组唯一的一等奖，我的儿子吴雨伦获得了优秀奖，他们两人一起在我的母校北师大领了奖，这真是大快人心事！蛮蛮说赴京领奖时被其他获奖的小知识分子冷落孤立，我笑了，对这种蝇营狗苟我太熟悉。我想对我的学生说，不必搭理他们，在你前进的道路上不会有这些人，走出校园就是他们学生腔诗歌的坟墓。

拿下

庞琼珍

一个月
拿下律师证

两个月
拿下注册安全工程师证

三个月
拿下心理咨询师证

十年
拿下结婚证

五十年
拿不下一首诗

一辈子
被一首诗拿下

伊沙点评：我被本诗所感动。这是活过了才会有的诗！没有对诗的热爱，不会写出本诗；没有在诗中长期浸淫，不可能悟出本诗。有人永远不明白，情感是智慧的产床，所以冷血动物在诗上没戏。到了21世纪第二个十年，中国终于有了这样一批人，他们是这个时代的既得利益者，在现实生活中活得挺好，但偏要到诗中来自寻苦恼——请注意，玩票者无此苦恼，只有真的想写好诗、想当好诗人的才会有此苦恼，庞琼珍正是他们中的一个。

2016.6.7

为影子的一生

李宏伟

每当他在床上躺下、睡着，我这个影子
就先在墙上安静，然后站起来
喝他的酒，唱他的歌，翻他的书
长他的肉，得他的病，思他的想
拥抱他的妻子，亲吻他的女儿
然后和他一样，吃墙
吃给了我实体的墙，吃光墙的两面
然后对着他一生空无的投射，发一夜的呆

伊沙点评：要想了解一个朋友，就去他（她）家乡看一看——这是我写下的诗句，春天在江油见到江油之子李宏伟，似乎比之前对他多了几分了解。在长安诗歌节江油场，他念了一首口语诗，写得并不好，也不是我希望看到的，好像一到《新世纪诗典》或长安诗歌节的会上，就要亮口语诗。本诗是在我并不在场的“葵之怒放”诗歌节上读的，由徐江选出转发给我，我觉得这才是真正的李宏伟，坚持自己，写到极致——才是我希望看到的。

2016.6.8

采风

张侗

一个编辑离世
生前的熟人都来送行
他们是副主编
打电话通知来的
当他们推托有事离不开
或在外地出差回不来
副主编有些着急
几乎哀求着说
你们就当是来采风
还不行吗

伊沙点评：同行一定不要有误解，《新世纪诗典》非但不是唯口语诗是推，内含风格、路数、背景、出身、文化、气息等相当之丰富，前阵子因缘际会的“中国21世纪十五大城市诗人”评选，我们标举并表彰了“洋范儿先锋派”这一支，那么我们还有人数更为庞大的接地气的“土范儿先锋派”这一支，他们是城镇诗人、乡土诗人，张侗便是其中的一个，不知为什么，我感觉鲁军老作者稳定性不够，到底为什么？应该冷静想想。

2016.6.9

出门

叶子

我喊妈 院子里
黑虎转过头
一只狗娃吱吱叫
好像找不到奶头
我过去抱起它
用手轻轻抚
我又喊
说我走呀
妈在崖畔上探出身:
要走抓紧，太阳
它跌窝呀

跌窝：陕西宝鸡方言，意落山。

伊沙点评：到目前为止，联合国教科文组织定的“世界诗歌日”，在中国的影响还是不如传统的端午节——中国的诗人节。这一天推荐的诗，我也不敢随随便便，我请出来自《诗经》故乡——陕西宝鸡的著名农民诗人叶子先生，他用秦腔写作，属于古老的正声。祝全体《新世纪诗典》诗人节日快乐！祝更多优秀的诗人早日入典！

父亲

庞华

他娘1997年过世时
他冲在最前面
一老虎钳
咬掉娘的木箱子
翻出一只小布包
掏出一毛二分钱

他娘下葬之后
一个半夜
他在梦中大喊
不要过来不要过来
他醒了才说刚才
梦见娘问他要钱

他这次特别大气
买了金元宝银元宝
新版超超超大面额冥币
他告诉我们花了100元
买的这些
足足有亿万亿用都用不完

2016/5/7

伊沙点评：昨日推荐了一首写母亲的好诗，今明两天我将连续推出两首写父亲的佳作，刚好这个月里有父亲节，就算提前送给大家的礼物吧。曾经一度，我还做过这样的题材统计，发现父亲与清明节，是最出好诗的前两名。庞华是70后诗人，但总给我一个错觉，以为是65前的诗人，这与诗有关，他的口语诗，比较靠“前”，“后”得不够，事实上，口语诗已经变得很讲究了。本主持内蒙古鄂尔多斯推荐。

爸爸生日里的石头

李海泉

爸爸，在你75岁的生日里
送你一块漂亮的石头
我和小妹刻意在上面刻了些
你所喜欢的——
麻将，哈德门烟，飞鸽牌自行车
还有除（你讨厌的妈妈）外
几个像石头一样不流泪
甚至，会做法式面包的年轻小女人
不过她们刻在石头上
都患有些轻微的——老年痴呆症
爸爸，你在西屋里搂她们睡觉时
记得把东门——
你年轻时睡过的洞房柴门
关得都再结实些！

伊沙点评： 本诗作者是长安诗歌节普及场的成果。去年冬天我们七位同仁去我任教的西安外国语大学做了一场诗歌交流活动，点燃了听众中的本诗作者的写诗热情，前不久西娃向我推荐了他，于是便有了今天的推荐。又是一首写父亲的佳作，作为父亲节的礼物提前送给大家。本主持内蒙古东胜推荐。

小镇上

游天杰

小镇上的
石径上的
烟囱上的
天空上的
云彩上 有一只跳蚤

云彩下的
大树下的
落叶下的
青草下的
地面下 有一只死鸟

伊沙点评：本诗作者在来稿中称“这是我最后一次给《新世纪诗典》投稿了”，结果成了。我查了一下，在此之前，他有近十次的投稿记录。那以后还投不投呢？从这组来稿我还是看出了问题：总体上还是有新诗的痕迹，而《新世纪诗典》的外延是现代诗。我希望投稿者不要仅仅把投稿当做寻求作品传播的途径，而是当做学习现代诗的过程，如此才能达到目的。

2016.6.13

妻子说

张首滨

在黑暗里，找不到他，
就想方设法弄痛他。
她很神秘地对人耳语：
痛会让他说出他在哪里。

2016/4/21

伊沙点评：在球场上，有实力球员和角色球员之分，看了五年《新世纪诗典》的来稿，我也算看成精了，看出了诗人也有实力诗人与角色诗人之分，我日益庞大的队伍需要越来越多的角色诗人，千万不要以为角色诗人没实力，他们只是更有特长罢了，我怀疑将来传世的是他们，因其诗尖而传世，而不是那些特点不够突出的“实力诗人”。本诗作者张首滨就是一个擅写夫妻题材的专家，我从来都认为夫妻关系比恋爱关系更难写，是爱情诗的高端。

2016.6.14

发狂的平衡车

林春宇

家里有辆
平衡车
自从它被
狗咬后
逢人
便撞

伊沙点评：有心人一定注意到了，“六一”儿童节，以公号形式发布的几个00后小诗人专号，都是以《新世纪诗典》推荐过的00后诗人为蓝本，以游若昕打头阵，这说明我们对00后诗人阵容的勾勒得到了大家的承认，我们的“不论有多小，必须现代诗”的价值观被更多人接受了。今后，我们还将继续挖掘这个年龄段的小诗人，本诗作者来自庄生的推荐。

2016.6.15

吊篮上的红布带

诗者

他们在吊篮的
一根钢管上
绑上了
一根红布带

在三十层的高楼外
他们将自己的妻子
儿女还有父母
甚至他们的命
都寄托于
这一根红布带

而不是别的什么

甚至还放了
鞭炮

伊沙点评：诗坛油子惹人烦，太民间了——民间到连投稿的基本规则都不懂，也会带来麻烦。本诗作者在来稿中未署名，我回信问其如何署名，他又未及时回答，所以我在诗卡中替他署其邮箱域名——诗者。随后他的信才到，原来叫辛刚。我感谢那些投稿只投《新世纪诗典》的诗歌赤子，我知道，如果《新世纪诗典》总是停不下来，我一定首先是为了他们。我喜欢本诗，还是那句话，即使在表达情感上，口语诗也比抒情诗更有表现力。

2016.9.16

敲门

二月蓝

“谁在敲门
值得泪水亲自迎接”
女诗人唐维
在这样发问

而我，同样
惶惑

我有太多的泪水流错了
有时
在鸟的眼角，有时
在鱼的脸上

尤其是，深夜的
那一滴

伊沙点评：《新世纪诗典》第1900首推荐诗，我提前预订给了重庆女诗人二月蓝，感谢她的奉献精神，恰逢她刚刚获得黎巴嫩颁发的一项国际文学奖，在此请接收《新世纪诗典》的热烈祝贺！我早说过，《新世纪诗典》是一个国际机场，从这里的跑道起飞可以通向世界各地。了解她创作的朋友一定会因本诗而大吃一惊：变化了！升段了！精进了！高级了！当个把女诗人整天纠缠于口语不口语诗，妄图以泛诗坛混脸熟的庸俗挑战《新世纪诗典》唯艺术纯诗歌的价值观时，另一些女诗人则醉心于诗不断精进绝尘而去，二月蓝正是后者中的一个。

梁奇伟

韩东

月亮正从湖面升起，
我的脸一半在水下，一半在水上，
以这样的角度和月亮对视。
身后的坡岸上，
那五年以后将在严打中被枪决的伙伴
在吹奏一支口琴。

月亮升高了，
波光晃动了画面。
小伙伴们的身上长出了鱼鳞。
我拼命地拍打着水面。他也丢下口琴
跳进了水里——
就像这样他就可以不死。

颤动的月亮，闪光的路，
那口琴上的绿塑料……

2015/4/13

伊沙点评：在“秘密大项”更为严苛的标准下看出的诗人的缺点，我要不说出来就是不道德的，作为朋友的话就是不够意思，所以尽管是我喜欢并且尊敬的韩东兄，我也会照说不误。老韩的写作，在写作的层面上近乎完美，但是气弱，随着年龄的增长，似乎有所加弱。他似乎太醉心于工笔，而忘了白描，更不会有意使用粗线条。练气功是否可以扭转？或许只有本人自知。这一首还是那个绵里藏针的韩东，我期待一个老夫聊发少年狂的冲动、粗暴甚至犯错的韩东。

玩伴

艾蒿

我恍惚听见屋外
有个女孩在叫我的名字
我打开门
探出头
真的发现
张甫秋在叫我
我看见她
单眼皮的眼睛
和微胖的脸
她规矩又安静地
站在过道口
我们走进电梯
等待下降
我们走在街上
要去江油诗会
今天安排的
露天朗诵场
但我们没坐在一起
天色渐晚
我想回去了
突然想起我有一篇
小时候的作业
一直没有写完

伊沙点评：昨日在我朋友圈中，有个朋友要做手术取钢钉，不可避免就有些思想压力，他（她）采取的办法是重读《新世纪诗典》，一首一首读。我看他（她）晒出的第一张照片是艾蒿的《麻醉》，当时真是替艾蒿感到高兴，被读者有效地阅读是一个诗人最大的幸福。艾蒿是个远离诗坛的诗人，但却是一个真正的诗人，因为读者需要他的诗，有人在坛子里混了一辈子，却从未进入过有效的阅读。艾蒿最可贵之处，在于一个“真”字，本诗又是真气逼人。本主持北京推荐。

2016.6.20

神降临的小站

李少君

三五间小木屋
泼溅出一两点灯火
我小如一只蚂蚁
今夜滞留在呼仑贝尔大草原中央
的一个无名小站
独自承受凛冽孤独但内心安宁

背后，站着猛虎般严酷的初冬寒夜
再背后，横着一条清晰而空旷的马路
再背后，是缓缓流淌的额尔古纳河
在黑暗中它亮如一道白光
再背后，是一望无际的简洁的白桦林
和枯寂明净的苍茫荒野
再背后，是低空静静闪烁的星星
和蓝绒绒的温柔的夜幕

再背后，是神居住的广大的北方

伊沙点评：2004年，我和李少君去了内蒙古额尔古纳领奖，少君随后写了本诗。本诗写得很好，很额尔古纳，但是我不大喜欢一个字：神。所以一直没推荐，现在我接受这样一个事实：本诗业已成为少君的第一代表作。请随本诗去往中俄边境的小城——额尔古纳，建议听着《乌兰巴托的夜》来读。本主持浙江桐乡推荐。

井

卧夫

挖一口井
大摇大摆地跳进去
顿时暗无天日
井壁长出带刺的玫瑰
让我鲜血直流

其实我不是井底之蛙
但如今
我这匹见过世面的狼
将于某年某月某日的某时某刻
饿死在我给自己挖的井里

我等死的时候
落井下石的人
往井里投了一块
过期的饼干

2013/2/21

伊沙点评：在《新世纪诗典》中，逝去的诗人与活着的诗人是平等的，不管他（她）逝去了多久，只要我读到其在新世纪创作的好诗，都会推荐。更何况卧夫是对《新世纪诗典》的发展做出过贡献的。2012年12月，他为在北京红方剧场进行的《新世纪诗典》第一季首发式朗诵会拍摄的珍贵照片将永远留在历史中。当我读到本诗，感觉比以往读到他的任何一首诗都好，我的心痛了一下，珍惜生者吧，不要等到他们离开之后才认识到其价值。本主持浙江桐乡推荐。

2016.6.22

我们的土豪老板

林火火

作为纳税人
我们的土豪老板
每次走国税，临走
都要去趟洗手间
出来时还要扯上一段纸巾
擦手、擦脸、擦鼻涕
可是今儿
我在车上玩了半小时手机
他都没出来
最后，终于打来了求救电话
“廉政工作，太细致了……
小林啊，找个保安，一楼洗手间
送包洁云”

伊沙点评：本诗太逗了！又那么自然那么真实！它出自一位年轻的女诗人之手，让人感到意外。本诗作者似乎善于制造惊喜，她另行制造了一个惊喜，明天告诉你。本主持上海推荐。

2016.6.23

我不知道了

薛诗虞

巴黎被枪袭
上海被踩踏
看来
热闹的地方
也不安全
我还是待在家里好
可是
乡下有化工厂

伊沙点评：昨天我推荐林火火时说，其诗能带来意外，其人能带来惊喜。今天推荐的本诗的作者是一位11岁的男孩，入选之后我问林火火："这孩子是你亲戚？"她回答："我的宝贝儿子，亲生的。"我大乐！《新世纪诗典》，全家档有之，兄弟档有之，姐妹档有之，夫妻档有之，父子档有之，母女档有之，父女档多矣，母子档还是第一例——祝贺这对母子！读孩子的诗，你会知道大人的脑子里有多少观念的障碍。

我并不知道

玉珍

我曾有一段如此珍贵的
过往——
它们被贫穷打磨出星星的光芒

那时我躺在山坡田野中
闻大自然的香气
温柔的风从四面八方靠过来
风中的香气让人想哭

我想多年以后——
人生是否依旧如此恬静?
那些神一样的存在
浇灌了穷人的头颅
我曾痛苦而所向披靡地
从中走过
将这一切称之为活着

我并不知道它们是诗

伊沙点评：上个月，在湖南株洲诗刊社第七届青春回眸诗会欢迎晚宴上，市委书记驾到，给大家唱了一曲山歌，并提议各桌出一个节目，我代表我们那一桌朗诵了法国大诗人雅克·普莱维尔的名作《在公园》。在我之后的一桌推出来一个90后的才女，她朗诵了一首自己写的诗——就是我们今天推荐的这一首，被我在心里当场订货，隔天在旅行中告诉了她。我觉得她不仅是当地参会诗人中最好的一个，甚至比参加“青春回眸”的大部分代表都写得好，尽管她还处于参加青春诗会的年纪。

脾气

吴少东

作为一个饥饿的人
对于平日拒绝、厌倦的食品
依然不想吃不去吃
我没有魂不附体

这一点像走在田埂上的水牛
想吃绿油油的秧苗
想扯开大地的一角
牵着牛鼻子的外婆不让
不让就算了，也不扭脖子
也不吃扭脖子就有的爬根草

我的体内有股牛脾气

伊沙点评：去湖南株洲开诗刊社的青春回眸诗会，见名单里有吴少东，我听说此君与人观点不合就要私下找人收拾对方，哪个编辑胆敢不发其作他就要敲掉人家的饭碗——江湖传说中完全是一个大恶人，多年以来饱遭妖魔化的我反倒不会轻易相信，但也有心观察之，完全是个国家干部的标准形象嘛，甚至算是一个厚道的暖男，人也很好相处，我们在炎陵县的茶馆里聊得很开心，我和他还有吴投文以本家相认。少东之诗，整体上属于泛抒情，泛抒情诗人被我选，总要大呼意外，他们铆足劲写的心血力作，往往会被我认为用力过猛，他们自己不重视的小诗往往力道合适。本诗即如此。

2016.6.26

牢骚

雪克

有人仰起头唱歌
上帝把他们的歌声一一收下
有人仰天长叹
上帝刚好打瞌睡去了
奇怪的是，我对着老天发牢骚
起风了
风把我说出来的话
一把一把
塞回我的嘴巴

伊沙点评：人说微信无底线，所以进我朋友圈是危险的，尤其是尚未被推荐过的“新人”，别让我先把你看个底儿掉。与此相反，经看的人，我自会注意到其文本——本诗作者便是如此，观其转发、言论，便知其文本怎么也差不了，拿来一看果然。本诗在写作中的匠心与老辣，一目了然。

阴历

李卫华

2016.9.27

阴历十月一将近
烧纸的人 和
烧过的纸钱的 灰
占据了十字路口的
人行道
我小心走过
怕踩了人家
画好的圈
十字东北角
一家单位院墙的
拐角
拾荒人
也点了 一堆火
给自己
取暖

伊沙点评：先是听西毒何殇鼓噪本诗作者如何如何好，随后才收到艾蒿推荐来的稿子，就算他俩共同助攻。我看了来稿，没有何殇吹得那么好，但也达标了。作者的感觉没问题，在写作上还有欠缺——如何解决写作上存在的问题，我想最好的办法是四个字：用心多写（缺一字不可）。本诗显然属于《新世纪诗典》的一大主流：口语诗所表现的中国平民生活，21世纪的新乐府精神，在《新世纪诗典》彻底发扬光大！

20[illegible]6.6.29

老科恩还在写诗

安遇

后来，老科恩的统治
就只是一个少女了
今天早上
餐厅的女侍者叫了他一声
亲爱的
老科恩一高兴
又写了一首

伊沙点评：我个人受邀外出参会，已经兼有了为《新世纪诗典》出差的性质。还是在上个月，在湖南株洲，诗刊社第七届青春回眸诗会，一同参会的《新世纪诗典》诗人蒲小林在旅行大巴上向我推荐了本诗作者，说他最看重《新世纪诗典》，我在车上读其诗，感觉很对路，是现代诗，当即决定入选——前后过程，顶多半小时，在旅游大巴上完成了一次现代化的办公。

无题

孙秋臣

就算我过早地写下墓志铭，
二十六岁，我已写过，
又两年过去了——

就算生活不能推倒重来，
我予以矢口否认，
生活还是倾颓了——

预想的远大前程，
在人生的对比中，
也已过早地终结——

在今日，猝不及防，
诱发起疼痛的本能，
又是一种无知的建树——

2016/6/5于北京

伊沙点评： 在3月的北京“磨铁之锋”诗会上，本诗作者就表现出了写诗的才华，虽未当场订货，但才华是明晃晃的。感谢里所坚持推荐她，我其实是个精致控，不论什么风格，到我这里必须看到精致——应该这么说，包含生命力、创造力、成熟汉语（“秘密大项”三要素）的精致文本，乃《新世纪诗典》应有之义。只有一点微词，与鲁迅导师相一致，我不主张年轻人写得太灰，不说对人生和艺术道路如何不利，年轻时的灰，等你不年轻时回头看，会觉得幼稚。

烧醒

严力

对枯树来说
还有一次形而上的机会
如果能收到
斧头劈下来的通知
就不必另找墓地了
躯体再碎
都将被尽情火葬
最后的高潮来了
人命令枯树作曲
为火苗伴舞
并把水
从愚昧中烧醒

2016/1

伊沙点评： 我在一首《点射》中写道：“摸着诗歌过河”——所有的东西都不是既定的，需要不断地摸索。五年前，我开始做《新世纪诗典》，发现了那么多纸老虎；一个月前，我突击做“秘密大项”，发现了诸多《新世纪诗典》力推诗人的缺陷，其中也包括严力。我觉其语言未达“大顺”之境，而“大顺”是成熟的现代汉语必达之境。以我之人品，会当面讲清。事实上，上个月，在鄂尔多斯相遇时我已经讲了。

成吉思汗的部队没有粮草官

轩辕轼轲

每个人都要
自备干粮
牛肉干
羊肉干
奶酪干
压缩饼干
只有马是湿的
它只有不停奔跑
才能避免
倒下后被制成
马肉干

2016/6—9

伊沙点评：本诗为长安诗歌节第238场——鄂尔多斯专场冠军作品。由长安诗歌节首创并推广的设立现场竞赛奖的严肃游戏正受到诗人们的欢迎，虽说不算多大的奖，但实力诗人都有好胜心，谁愿意当着同行的面输给别人呢？不输的最好方式就是赢，当场拿出好诗来就可能赢。轩辕轼轲此战表现如有神助，他不缺机灵，不缺写作能力，但有时候常常用大炮打蚊子或者打空气。状态好时，便如本诗，一个杠杆，撬动了草原、战争和历史。

2016.7.3

老人

濮建镇

已经要靠剩下的满身皱纹
来绑住随时都会散架的皮骨

伊沙点评：《新世纪诗典》打破了诗坛的论资排辈，但五年下来也形成了自己的资与辈——每年一度的李白诗歌奖还是要靠积累才能得到的，从长安诗歌节引进的现场奖很好地弥补了它的缺陷。本诗就是个佳例，它是“长安诗歌节”浙传场的冠军作品，作者在《新世纪诗典》只有1.0的资历，却靠它当场击败了伊甸这样的名将，以及起子、赵思运、卢宗保这样的悍将。至于本诗是口语诗、意象诗，还是新诗，管它呢，它是好诗。

2016.7.4

失眠

大九

她怕黑
睡不着觉的时候
习惯开着灯

疲倦终于来慰问她了
她想关掉灯
酝酿一丝睡意
按了几十次开关
都没有成功

早晨的阳光照进她的房间
她突然明白
太阳上没有开关

伊沙点评：昨天推荐的诗证明了1.0的诗人可以获得现场冠军，今天推荐的诗将证明从未推荐过的新人也可以获得现场亚军——本诗是长安诗歌节第238场（鄂尔多斯专场）亚军作品，又一首写失眠的佳作——《新世纪诗典》推荐过多首同题材的佳作，我刚在浙传讲过晓音的那首。同时，本诗的推荐对于作者所在的省区意义重大，在《新世纪诗典》的第六个年头，内蒙古终于涌现了第二位《新世纪诗典》诗人！

第四辑　黑女人的声音

她的声音
偏偏犹如莺啼婉转
窗外的阔叶和骄阳
都被她影响
恍若秋天
恍若阴天

——黄燎原

尾气

赵思运

二傻子趴在高大巍峨的货车后面
“汽车放的屁是香的”
他刚说出这个
重大发现
突然被启动的倒车撞倒

二傻子死于1973年
享年四岁

我们村里的人
那是第一次见到汽车
开走了很久
大家还在使劲地嗅着
那种莫名其妙的香味
喷张的鼻孔
像马鼻

2016/4/8

伊沙点评：本诗是长安诗歌节浙传专场亚军作品。一首小史诗，我又想说，等过几十年你再看，一个民族的秘史不在哪一部假大空的长篇小说中，而在《新世纪诗典》以21世纪的新乐府精神打造的新国风中。在中国，这不像是博士、教授该写的一路诗，所以我更想向作者表示敬意。事实上，从世界的意义上说，这又恰恰是教授、博士该写的，出于自觉的文化意识。

2016.7.9

嫁接法

莫渡

张栓牛的嫁接方法
的确和我的不同
他先在树干上
横切一刀
再将削好的芽
钉进切口
他用碗和筷子比画嫁接过程
食指为刀
切割瓷碗边沿
将一根筷子
搭在上面
接着削另一根筷子
——削成马蹄，钉进去
他将筷子
插进半碗稀饭
——就这样
瓷碗生根
筷子发芽
他说
喝碗稀饭再回去吧

2016/3

伊沙点评：本诗是长安诗歌节江油场殿军作品，迟到迟推。那次诗会搭的是《新世纪诗典》年度大典暨李白诗歌奖颁奖礼的顺风车，参加者众，强手如云，莫渡能够最终名列第四，靠的自然是谁也无法重复的农事诗。不管文学风格如何变幻，我视之为万古不变的真本事：海明威写打猎像打猎、写拳击像拳击、写斗牛像斗牛。在此，莫渡写嫁接像嫁接、写干活像干活、写农民像农民——这是真本事。与此相比，别的都在其次。

捷克和斯洛伐克

起子

捷克是一个国家
斯洛伐克是另一个国家
捷克斯洛伐克又是一个国家
昨晚的欧洲杯上
我看了斯洛伐克队的比赛
过两天可以看到
捷克队的比赛
很久以前
我还看过捷克斯洛伐克队的比赛
捷克和斯洛伐克也许会在淘汰赛上相遇
但这两个国家
从来都没有机会
与捷克斯洛伐克踢一场足球赛

2016/6/12

伊沙点评：话说去年秋天在上海，长安诗歌节上海专场，在上海社科院举行，当摆丢、苏不归、起子三个火枪手般出现，沈浩波小声预告道：这三个是背着地雷来的——结果都没炸响。再说今夏在浙传，起子一人背着地雷来，这回炸响了，只响了一声，所以未能获奖。但这首高调进决赛的诗，我喜欢极了，适逢欧洲杯进入半决赛，向大家推荐一首足球诗。什么是平庸的足球诗？满眼都是球；什么是优秀的足球诗？球只是窗口。本主持北京推荐。

一个在高考期间听来的故事

卢宗保

2016.7.8

一对夫妻不合
协议
在孩子参加完高考
上了大学之后
离婚
做母亲的
便在高考的当天
在孩子的水中
下了安眠药

伊沙点评：本诗作者在“长安诗歌节”浙传场出现，山东诗人已经变成了浙江诗人。在高考季读到本诗，令人唏嘘不已，却在现场引发了争议，引发争议的又是一名教授。祝贺卢宗保来到了4.0，晋级之路虽然艰难，却在不断延续，这是令人欣慰的。本主持北京推荐。

菩萨

王单单

飞机摇晃得有些厉害
我使劲握住挂在胸前的菩萨
平安着陆后，它湿漉漉的
像被刚才的气流
惊出一身冷汗

2016/6/18

伊沙点评：三年前，在沈浩波的推荐下，王单单在出席当年“青春诗会”前首获推荐，三年来，他成长得很快。今天《新世纪诗典》诗人访韩团从北京飞抵首尔，我特意安排本诗为大家祈福！祝大家一路平安！也祝王单单成长得更好！本主持韩国首尔推荐。

小鸟与水果

唐果

枝丫间的鸟巢
是干透的果实
小鸟在树枝跳跃
像患上多动症的水果

毛发是猕猴桃上的
红色的血液
是火龙果身上的
滴溜溜乱转的眼睛
是菠萝身上的
灵巧的双脚
是榴梿身上的

小鸟和水果一样
有被摘取的命运
人们摘取高处的水果
需要借助竹竿
而对付会动的水果
猎枪比弹弓管用

2015/7

伊沙点评：我曾批评云南诗人，一写诗就整成大植物园——本诗教育了我，纠正了我的观念。如果能将植物园写到极致，整得园中有人，园中有物，又有何不可呢？人过半百，改变令人欣喜，改变才是希望。本主持韩国首尔推荐。

2016.7.11

老且霾

宇向

健身器材的木椅上
坐着两个老人
老到没了性别
眯细着眼睛
暖洋洋
晒着霾中的太阳
霾还很年轻
老人已老了很久
不认识霾
向来，他们听凭太阳
不能直视的太阳和斜太阳
黑太阳
橘子太阳和典狱长太阳
向来
他们眯着眼睛
他们心系太阳
似乎，唯如此
才拥有最后的
一丝光线的尊严

伊沙点评：每次见宇向，都能感觉到她是非常重视出场朗诵的人，从选诗到朗诵，都力求做到完美，也对现场赛诗的结果非常在乎——不要小看这一点，细节说明态度，态度决定一切。诗途漫漫，马蹄勿急。本主持韩国首尔推荐。

灯绳

游连斌

2016.7.12

我哥读高七那年
整个寒假
他都躲在
昏暗的阁楼上
苦苦攻读
父母不敢打搅他
也禁止我上去找他

到了吃饭时间
我们轻轻拉了
一下灯绳
咔嗒一声
如果没有下来
过十来分钟
再拉一下

后来
他终于如愿
金榜题名
经过五次高考
考取了大学

如今
父母尚在

他却不知去向
如失联的马航

我们要上哪去
找一根灯绳
把他拉回来

2016/4

伊沙点评：出国在外，一般会推荐那些你愿意想念的诗人，本诗作者便是如此。他是《新世纪诗典》的电脑和资料馆，没有他的工作，《新世纪诗典》不可能有如此强大的存在感。其诗如其人，真挚实在，质朴无华，咋活咋写。本主持韩国首尔推荐。

黑女人的声音

黄燎原

2016.7.13

这个早晨
我比其他日子都起得早
这个早晨
加州的太阳也比平时好
然而，这个早晨
刚刚睡足的我
却困得像条虾
脑袋歪向肩膀
脑袋垂向胸前
脑袋不停地抽筋
累死我了

而在我的右前方
我稍微转下身
就在我的左前方
是一个黑人宽大的背景
她穿蓝色紧身衣
像大海的波涛
她一直在说话
一种我闻所未闻的语言
我猜是斯瓦希里语
以她肥厚的体形
张嘴应该黄钟大吕
但是没有

她的声音
偏偏犹如婉转莺啼
窗外的阔叶和骄阳
都被她影响
恍若秋天
恍若阴天

声音一样
可以
改变世界

伊沙点评：当年，黄燎原是与我同时代的校园诗人，后来他做了许多事，有许多身份，像摇滚经纪人、画商等。诗，偶尔见到，《新世纪诗典》第一季，他有一首诗差一点入选，此次沈浩波将本诗推荐来，我彻底满意了。真是难以预料，你以为写的人早不写了，你以为不写的人竟还在写，并且写得不错。

2016.7.14

远近

沈木槿

锯钢管的声音
像一根钢管
捅进阳台 廊道 外屋
捅进两道门来
先是笔直
至卧室门口 忽怪异地
转弯
像外星异物
绕过门框
大衣橱
推向床头柜上堆挤的
瓶罐家伙
从这堆圆柱 三角锥 多棱体
不规则的夹缝间
擦刮涌出
顿时合成一根结结实实的
钢管

直挺挺捅向
躺卧的女体耳边

伊沙点评： 上个月在桐乡——长安诗歌节浙传场，见到本诗作者很高兴。她是我考虑过选入的诗人，一位有才华的抒情女诗人，只是当时我碰到的具体文本有点抒情过度，我便暂时没有推荐。一颗端正的诗心必会感天动地，老天爷的报答是让这位诗人从天而降，站在你面前，念出更好的本诗。

2016.7.15

本相

李敢

青石台阶上
小和尚一直清瘦着

双手合十
在山寺门口站立
山风激荡
他宽大的僧袍向后猎猎飘扬
身骨清晰
阳具显突

白袜，青布鞋。戒疤浑圆
目若晨星
这样的和尚在现世中我没见过

伊沙点评：本诗作者李敢，我从网上知其名，现身于长安诗歌节鄂尔多斯场，其诗写得很好，有明显的辨识度。他是我的同龄人，也算四川老乡，正因为我生在成都，深知四川诗人善写这路阴湿气息很重的诗，天下无敌，江南人也写不过——关于这一点，我在拙著《中国现代诗论》有过论述与分析。但是，我在此想说的是，这路诗无疑丰富了中国现代诗的百草园，专写此路对个人的整体写作则未必是好事（此处甚至有玄学的因素），别给诗坛当炮灰，《新世纪诗典》的炮灰也别当——我的意思是，个人写作内部一定要阴阳平衡、自成生态。

2016.7.1

姐姐

任少云

酒
总是毫不犹豫把风喝高
姐姐，你
站得好高
我的眼睛必须竖起来
可仍然够不着
你的袜子

姐姐，你的酒
沉重在夜色里
我，沉默在你的风里

伊沙点评：这是一位来自徐志摩家乡的诗人所写的诗，他现身长安诗歌节浙传场。徐志摩家乡的人，如果像徐志摩那样写，肯定是没出息的——本诗作者不但不同，还自成一体，女诗人安琪将“写顺了”的诗称为“口语诗”，将“写不顺”的诗称为“非口语诗”，殊不知写顺写不顺都要写得精彩。本诗就有“写不顺”的精彩在，需要仔细体会。

空

李成

铺天盖地的祝福
在这个特殊的日子
一遍又一遍
或许
这个世界
会因此而美丽
不经意间
不同的时段
每一个人都会收到
这是多幸福的事
然而
就在今天一大早
我却替好友
写下一张他母亲离世的讣告

伊沙点评：上月举行的鄂尔多斯诗歌那达慕，比别的活动多了一层魅力，内蒙古诗人的才艺水平太高了！走到哪儿都有歌声和舞蹈。本诗作者李成是他们中更绝的一个存在。他是全国业余口哨比赛第二名，他的口里住着一支交响乐队，多少草原与沙漠的美景是在其天籁般的口哨声中进入我的眼帘里，活动结束前一天，女诗人安琪向我推荐了本诗，我当场订货。前两日，又见老大诋毁新诗（中国诗坛之怪现象），谢冕说缺少音乐性是新诗软肋——唉！他懂“语感”“口气”么？瞧本诗，音乐素质如此之好的人都不强加音乐性给诗歌了，但你会读着很舒服。

2016.7.20

草原

洪启

那达慕
草原上最重要的节日
风光里的河流
奔腾着
河水变成了酒
香味飘向远方
进入城市
当天
交警查处了很多酒驾者
犯事者
感到莫名其妙

2016/5/29

伊沙点评：我与洪启的缘分源远流长，20世纪90年代初，我们在西安就认识了。2012年，我在我工作的西安外国语大学做了一场完美的《新世纪诗典》诗会，他专程跑来献唱，分文不取。他与《新世纪诗典》的缘分有点命中注定，沈浩波向我推荐了本诗，我喜欢得不得了，认为是首杰作，其中大有名堂。前半首出于浪漫主义的想象力，后半首照“事实的诗意”的路子走。这不是歌词成诗，是一位著名民谣歌手专业度颇高的诗歌创作。

离群索居

2016.7.21

乜人

这个女人是我征服的伟大国家
作为战利品，和我一道移居
郊外一间租金便宜的房子
那儿有一处树林，半个湖泊，几块菜地
清晨，远处的牛漫不经心地
嚼着草茎
台阶上浸着露水，晨风吹拂
感到阵阵冰凉
中午很热，她不戴胸罩，仰天而卧
把两只乳房裸露给太阳
我一整天削土豆，两人闲聊直到黄昏
天空消失，逗留在人间
是屋顶上宁静的夜
我们不谈情说爱，有时谈论爱情
讲些不搭界的流言八卦
有时她浓妆艳抹，仿佛恨透了自己的五官
顶着卷发夹子，想象自己是头上盘满蛇的
女妖
读十二岁到十八岁时读过的小说
拿圆珠笔在字里行间画虚线
春节后开始下雪，接着是解冻，接着
又是下雪，我们出不了门
用新衣服把自己洋娃娃般打扮起来
朋友拎了大包小包食物来救急

立刻断定我们活不过四十八小时
我们绷起脸，说这是我们一生中
最重要的一段时间
又给他们引见我们的狗，它跟我们
一样，默默无声，十分友善
从不摇尾乞怜

伊沙点评：有句话貌似唱高调，实则要人命："祖国的命运就是我们的命运"——你从中文现代诗异国题材的流变便可见出，20世纪80年代是王寅式的臆想体；90年代是知识分子式的抄洋书体；21世纪，伴随着出国游日益普遍化，我们的诗歌中才有了国外的现场感。本诗来自旅居新西兰的诗人梁余晶的推荐，说作者是个旅行狂，去过一百五十多个国家——有如此经历的人，写出本诗就不奇怪了。

重要的事情说三遍

还非

一遍：天增岁月人增寿
二遍：与山河同在，与日月同辉
三遍：福如东海长流水，寿比南山不老松
不只说三遍，还写在左、中、右
显得比开门七件事更重要
“你有病啊！”老婆数落我怕死
我还没周游世界，一一握过，道珍重
我转到后门，撒尿，夜观天象，“怕死是小狗！”
单位例行公事体检，我爱去不去
背起包一出门，啥病都没了
真是头发长见识短，呵呵
墙旮旯窸窣响动，疑似有鬼：喂，说谁呢
尿才一半，我打了个寒噤，夜空上
一颗诡异的流星迅疾滑落
（看官，在座皆是龙的后人，自古道，世事难料，
人生苦短，咋整？抱着石头沉到底。洲头村东，车
走G15我全神贯注与时间赛跑，重要的事情说三遍，
哪有空与之磨叽）

2015/5于福州，洲头村

伊沙点评：距“秘密大项”揭晓还有十二天，我本以为有些话要到那一天去说，却已经断断续续不断地说出来，对还非的话也是如此。在需要刺刀见红的“秘密大项”中，手中握有《大限祈求》自然是主动的，《大》是新世纪中文现代诗第一流的佳作，与此同时，他整体的作品中也有明显的个人的声音，自成一体，辨识度高。总而言之，五年下来，他不以推荐次数取胜，却以推荐质量显高，当得起《新世纪诗典》诗人对其的尊称“还老”。

2016.7.25

牛奶点滴

闫永敏

医院小花园
一盒牛奶
躺在
花坛边沿
吸管
一滴一滴
往月季花叶子上
滴着牛奶

伊沙点评：请简单地想我，我一点都不复杂，在《新世纪诗典》开办这五年变得更加简单化，拿闫永敏来说，从2013年9月第一次推荐开始，堪称《新世纪诗典》的宠儿。我第一次意识到她的问题是在去年底《〈唐〉青年诗人奖评选集》中阅读后，今年3.25北京“磨铁之锋”诗会上便不留情面批了一通，在此期间她还掉了一轮，是“秘密大项”让我重新看到了她的价值，并在浙传场讲了她的诗，7.7北京磨铁读诗会又是一通表扬。既然我是编选家（而非编辑），我总得向作者释放正确的阅读信息吧，搞那么复杂干吗？

2016.7.26

恐怖分子

维马丁

恐怖分子
给自己爆炸了以后
还很高兴地说
他在欧洲过境毫无阻挡！

2015/11/20

伊沙点评：毫无疑问，维马丁是这颗星球上非华裔外籍诗人中用中文写诗最棒的，没有之一，他竟然会使用中文口语，而这是最难的——搁在外国人头上，我们才知道口语最难，自己的同胞诗人写时，你们的认识却完全相反，凭什么？脑子被驴踢了吗？马丁在来信中供述，他只有在中国或与中国诗人泡在一起时，才可以写中文诗，说出的又是语言的奥秘与真谛。

新的住宅小区有没有丧事

瑞箫

我搬来这个小区
已快十年了

一年四季
这里充满鸟语花香
新生儿一批批降生　长大　上学
健康的老人看护着健康的孩子
健康的大妈在小区广场天天跳集体舞

有恒产者有恒心

今天早晨
我终于看见
有人戴着黑纱白花
出现在这个小区里

2015/5/21

伊沙点评： 蒋涛将长安诗歌节同仁称为“小区诗人”，我因为有《行》系列未被归入，到底是赞呢还是批呢？估计两者兼而有之吧。本诗也该算“小区诗歌”，它的意念却很城市、很现代，让我想起20世纪90年代我初到深圳时的感受：一个看不到老人的城市有点可怕。对比之下，我对广州印象好极了，因为在街心公园里有成堆的老人下棋。世界上最大的平衡大概就是生与死，本诗从小区观世界，意蕴很深刻。

亮虫儿

袁勇

2016.7.29

想起十岁那年。某一个夜晚
我逮住了一只萤火虫
我轻轻抚摸它披着的黑大氅
心随它的绿光一起颤动
我的顽皮惹恼了一边的表妹
表妹喊：放开那亮虫儿
我调皮地说：它不是虫，它是灯！
带着它好走夜路
表妹骂："你心恶！"
由于怕它逃走，我的手心攥出了汗
后来我摊开手心：亮虫儿已经死了

表妹汪汪哭了：你要走夜路
就该让亮虫儿在前面飞

伊沙点评：50岁是有点厉害啊！一些一路走来的老友再也留不住，一些相识很早失散多年的老友相约而来，本诗作者袁勇便是后者之一，毫不夸张地说，他是我在四川最早的知音、贵人、战友，没有之一。我们至今却还没有见过面，1992年，我曾与其胞弟朱杰在我西外大 的小屋里同榻而眠，我与袁勇至今却还没有见过面。老友还在写，真好！我们又联系上了，真好！本诗，真好！

下雪了

这样

奶奶端着一碗雪
进柴房烧汤喝
有时候不够吃，拿一把旧锅铲
再铲一勺进来
雪是好雪，抵得上三餐米饭
慢慢喂大一家人

这是我小时候的事了

现在，我回到老家
一百多岁的老人
还在天井里铲雪，雪啊
从天而降
仿佛她的子孙后代
从远方赶来

伊沙点评：《新世纪诗典》中，小史诗多，本诗亦是。何为历史？看不到人民生活的历史便是伪史，如此说来，这样的诗篇才真正具有史诗的品质。我还欣赏本诗的一点是，它写苦难的过去，你并不感到悲苦，甚至充满温暖的美感——过来人明白，那也更符合那个年代人们心灵上的感受。本诗来自诗人江湖海的助攻。

阴

李伟

2016.8.1

刀光血影的阴谋正紧锣密鼓地进行

另一个星球寂静
无声
下着雪

伊沙点评： 说实话，讨人嫌，但还是得说，不知从哪天开始，我有点怕看李伟的来稿，就像看一位过去以行草见长的书家，现在全写标准的楷体字，没有意外，非常标准，何以至此？我总以为这与我多年前见他在“葵”论坛爱提“后人如何看”有关，你写自以为的“永恒之诗”，把自己越写越瘦，越写越干。对安琪我说，少开点会吧！对李伟我说，出来开点会吧！靠自己固守的那点东西已经不够了。本诗招式陈旧，不过效果还好，有气氛。

坐骑

宋雨

我说我没坐过飞机
坐飞机的笑了
我说我没坐过轮船
坐轮船的笑了

我说我骑过爬犁
骆驼和马
山羊和毛驴
也骑过墙头
他们全笑了

2016/7/9

伊沙点评：诗歌是抒情艺术，所有合格的诗人都该是用文字抒情的艺术家——既如此，为什么还要有抒情诗人、意象诗人、口语诗人的划分呢？很显然，这里所说的“抒情诗人”指的是用传统抒情方式来抒情的诗人，宋雨显然属于这一类，所以我读到本诗很高兴，其中已经融入现代的智性，但又保持着万物的灵性。千万别误会，本主持不是要把所有诗人都忽悠成口语诗人，我只是希望你们各自走宽，并且越走越现代（这没错吧？）。

没想到

乌城

学校举办合唱比赛
班里投票决定唱什么歌
我以为会是比较活泼的歌曲
投票的结果却是
准备好了吗
接过那把枪

2016/4/22

伊沙点评：乌城是典型的口语诗人，只有大内行明白，口语写作是对生活与生命依赖度更高的写作，如果你这一段的生活过得太过平淡或者生命状态不好，那么作品自然便会下滑，口语写作靠书房里的那道工序（写）挽救不了，文人行为介入得越多越坏事儿。乌城的起伏似乎也是着了这个道，微言大义是口语诗人最擅长的，本诗玩得很漂亮。

南海仲裁日

赵立宏

家里好像
只有一把
昨天买的香蕉
与菲律宾有关
可惜的是
这把香蕉
产自海南
有一部刚买
半年的苹果手机
好像与美国有关
其实也是
中国制造

2016/7/12

伊沙点评：赵立宏近期给我印象至深的是其对《新世纪诗典》推荐诗的点评，准字当头，概括精道——我在心目中将其列入本年度“李白诗歌奖·评论奖”候选人名单的同时，对其诗似乎也多了一层信任——电影界有句老话：“金杯银杯不如观众的口碑”，移植到诗歌界当为：“金杯银杯不如同行的口碑”，口碑是一点一滴积累起来，并不完全在文本之内。我的经验是，尽管外行当道，但你也无权说一句外行傻话，你要有此确信：天下自有明眼人在。

第五辑 首尔街头的独臂老人

他想帮忙

可是，他拿相机的手臂

没了

——冰峰

把他挂在风雨中

杨艳

暴雨将至
我加快
奔跑的速度
上午手洗的
他的
一套睡衣和一条浴巾
还在外面晾着
一下电梯
便直冲露台
已经
刮起了大风
落下了
大颗大颗的雨滴
他的衣服在风雨中飘摇
我脱口喊出：
“啊！老公！”

2016/5/15

伊沙点评：2013年9月的一次选稿中，我同时发现了闫永敏和杨艳，当时感觉前者天分更高，后者要单薄一些，但是将近三年过去，杨艳却提高了一大块。拿本诗来说，她已经形成了自己独特的“诗维”甚至是独具的魅力，又要打击传统抒情诗人了，你们不觉得这样的抒情比你们那一套要复杂得多、微妙得多、高级得多、感人得多吗？所以说，最好的抒情诗人不一定是传统抒情诗人！

老有所谋

袁源

2016.8.6

我发现
最爱放风筝的
不是儿童
是那些老人
顺着天空中的黑点往下找
你就能看到他们散落在大地上
攥着一根根细线
就像老人们普遍热爱的另一项运动
钓鱼一样
这回他们把诱饵送到了高处
高过所有楼顶……靠近天堂的地方
在那里有什么东西会上钩吗?

伊沙点评：五年《新世纪诗典》缔造了一个现象，“坛外诗人”，有相当一批人不在中国诗坛混，写得可比坛子里的大多数好——袁源便是其中之一。他在西安一所著名中学里搞行政工作，业余写诗，似乎还有点怕老婆，诗会只参与《新世纪诗典》系列诗会，活动只参加“长安诗歌节”的活动——这样的人活得最正常最健康，诗也就写得既干净又纯粹。本主持西宁推荐。

2016.8.7

偷听

卓仓果羌

在阿姆斯特丹温泉
听到隔壁
仅一道绿树红花之隔的
布拉格之春里
一对恋人
女问男
韶关的房价
现在多少钱？

伊沙点评：“秘密大项”终于揭晓——《当代诗经》在西宁首发，有三位藏族诗人入选，卓仓果羌是其中之一，今天我还在首发式的报告中表扬他是藏族诗人中走得最远、最现代的一位，真正写得好的少数民族诗人，都不会为“少数民族文学”这个框框写，是作为人的自由写作。本主持西宁推荐。

2016.8.8

六月的冰雹

吴猛

六月的冰雹毫无征兆地砸下来
在下午三点钟，太阳来不及卸妆
切开的西瓜奉承着干涩的嘴唇
人们谈及的大海瞬间凝固

两朵超载的云撞翻了夏日
散落在大地的冰雹
正是天上的煤
傍晚时分
烧红了半边天

伊沙点评：前阵子评选“中国十五大城市诗人”时，我感慨过一句：现在已没有精研意象的诗人了！我这个口语诗人不以为喜反以为忧，所以我读到本诗很高兴，一个85后诗人能够写出漂亮的意象。特朗斯特罗姆走了，博纳富瓦走了，伯莱还在，当最后几位深度意象派大师离世，中国的诗人与世界的诗人一样，需要拯救意象诗的存亡。本主持青海推荐。

2016.8.9

音乐？语文

张心馨

一次
学校又派来了个
新的音乐老师
教我们
读
背
抄写
歌词
就是不教唱
唉
这老师
这风格
我赌半包辣条
她教语文

伊沙点评：在青海诗会圆满落幕的草原之夜，与江湖海展望明年夏天的惠州诗会，我建议由茗芝向其他00后小诗人发出邀请，让我们的诗会多些少年气。张心馨当在受邀之列，她写诗似乎特会抓点，意义与无意义之间的点，这不是刻意为之，而是天生感觉好。本主持青海推荐。

蓝天

伤水

我找到了书写遗言的
最好的纸张

我将即刻死去，多么陶醉

我得抓紧书写
风，小一点，再小一点

可我还是来不及构思构想
我遗书的内容

那么，除了这张纸
还有什么值得留在世上

2016/7/5

伊沙点评：第一次推荐伤水的时候，我并不知道他就是流行名曲《走过咖啡屋》《无言的结局》的词作者，这两首歌都是我年轻时爱唱的，前者更是中国大陆流行歌曲走进城市的里程碑……知道这个情况之后，我很想再推荐他的诗——当我又一次这么想时，他自己将诗投来了。一个好诗人如果也写歌词的话，他（她）一定会将诗词分开，花开两朵，各表一枝。

2016.8.11

首尔街头的独臂老人

冰峰

六十年前

一群拿枪的人
跨过鸭绿江
帮着他的兄弟
打掉了他的臂膀

六十年后
这群人
拿着写诗的笔
来到首尔街头
让他帮忙
拍一张合影

他想帮忙
可是，他拿相机的手臂
没了

伊沙点评： 冰峰是《新世纪诗典》韩国行的一匹黑马。出发时他在全体团员的心目中，是作家网总编，回来时他已是长安诗歌节首尔场冠军和韩国行总季军——这些荣誉的取得主要靠的是本诗。诗中写到的这一幕，大部分团员都看见了，他写得最快、写得最好，一首小史诗。通过交流，我发现他目前属于享受着口语诗的好处又在怀疑口语诗的阶段，也就是说尚未进入自觉的写作。

排队

陈亚美

2016.8.12

前面排着很多人
服务人员告诉我们
要等80分钟
我们点头微笑

队伍一点一点向前
脸上流下汗水
脑子嗡嗡作响
等待看不见的希望

在异国他乡
在韩国的乐天世界
我们有秩序地排队
为乘坐一次罗蒂的热气球旅行
我们耐心地排队

中国人在韩国极有耐心地排队

伊沙点评： 有些诗人，热爱诗歌，诗感也好，很有才华，但囿于诗歌观念的滞后和自己身处的环境，将态度、感觉和才华浪费在新诗的写作上。陈亚美是很典型的，去韩国前，我选过她的诗，但没选上，而她在韩国，与中国一线的先锋诗人同行几日，其诗就改变了，去了有效的方向，还获得了“葵之怒放诗歌节”首尔场季军。

2016.8.13

哦，后来呢

杜思尚

母亲八十岁生日那天
女儿在埋头叠她的纸飞机
母亲在电话那头焦急地问
我的孙女在干吗呢
我忙把话筒递给女儿
女儿摇摇头
继续埋头叠她的纸飞机

我放下电话
认真地想了想说
爸爸从前也像你一样
不爱接电话
女儿头也不抬说
哦 后来呢
我说后来
姑姑没了
女儿说 哦
后来呢
我说后来
舅舅也没了
女儿说再后来呢
我说再后来
爷爷也没了
女儿说 哦
又埋头叠她的纸飞机了

2015/12/30

伊沙点评： 回想起来，北京没怎么享受过诗歌的光荣。20世纪70年代北京地下诗人群应该是最初的光荣，但却被当成了全国的先驱，80年代中后期又被四川抢了风头，后来则是一笔糊涂账，直到有了《新世纪诗典》的田野调查，这才知道是“首善之区”。沈浩波搞“磨铁读诗会”，我是坚决支持的。我觉得北京应该有一个稳定的诗歌活动来不断地发现人才，本诗作者杜思尚（老肚）就是在7.7“磨铁读诗会”上冒出来的，一看就是对路的现代诗。北京的优势不在于场面上的人多，而在于底下的人容易把路子走对。

2016.8.14

做人还是做神?

张锋

“她那时候还小
并不知道 所有
命运赠送的礼物
早已在暗处标注了
价格”

这是一块钱
这是九毛九
这是一个亿

长大后她以为
除了非卖品之外
一个人其实最多就值
一个亿。

神 是
那些没有钱
也不需要钱
的人

比如 观音菩萨
或一个三岁孩子

冬天来了 雪花纷飞
知行合一 知难而上
从明天开始
做一个孩子或神。

2015/2/28

伊沙点评： 前年《中国口语诗选》编完后，再不见蔡根谈信息，忽然来信，推荐他人：“就近期我编选《海南诗人档案》，约了张锋的诗歌，觉得他依然写得很棒，特推荐给《新世纪诗典》。您当年编选《世纪诗典》时，好像误把写《围城》的张锋和写《军规》的张锋当成同一个人了。写《围城》的那个浙江张锋不是他，写《军规》的才是他。在‘红皮书’——《中国现代主义诗群大观1986—1988》里也表明，《围城》和《军规》分别是两个张锋的作品。‘红皮书’里收了张锋三首杰作：《军规》《在政府机关，一个人怀才不遇，久而久之就堕落了》《星期六下午的美国梦和党风问题》。这我也跟张锋（海南）求证过了。”——录于此做推荐语。

童年记事

陈云峰

2016.8.15

小时候
每次去外婆家走亲戚
午饭后
二姨 三姨 小姨几家
就急着回家
“没人喂猪”
如圣旨
无人再挽留
我们可以回得晚
因为母亲与
邻居王大妈关系好
有人帮喂猪

伊沙点评：大家可以想想：如本诗所写的中国老百姓民生民俗中最微妙的让人动心的部分，在口语诗成熟之前，是不属于诗歌表现的范畴，那时候的诗歌是盆景，由着小说原生态，那无异于自宫，所以曾经一度在“当代文学”的宗旨上，诗歌是等而下之的文体，因为缺乏第一流的表现力。口语诗逆转了这一切，表现时代的细节，它来得更精粹更传神。于是，愚众不答应了，惊呼：“这是诗吗？”——就好像诗是他们的传家宝，尿壶。

2016.8.[illegible]6

无题

园旗

我老了。
把一生的
酸甜苦辣咸
泡进酒里
自斟自饮
自己的一生
是
一瓶假酒

伊沙点评： 听“葵”同人传颂“园旗”这个名字有不短时间了，诗我从未读过——目前我只读《新世纪诗典》正式投稿，我想这是现代文明社会的契约范式，《新世纪诗典》正是这种社会形态下的产物。我在青海说过了，没有《新世纪诗典》诗人的版权许可，“秘密大项”的高级游戏玩不起来。本诗来自于诗人高歌的助攻，他在被罚出场（掉轮）前的最后时刻，完成了一次有效的助攻，精神可嘉。本诗用早已开始流行的我的话说，是活出来的。

肉体新鲜

刘一君

2016.8.17

肾功 好
有一些细小结石 不过无碍
主要茶喝得太多 有垢
肝功 好
有一些受损的细胞 在慢慢恢复
因为戒酒了
肺功 好
烟还没戒掉
前列腺功 好
可能长期不做爱的原因
肠功和胃功 好
长年走路
胰胆脾功 好
血糖 血脂 胆固醇 尿酸
正常
心室有些大 体态有些偏胖
头发有些白 牙齿有些黄
颈椎有些痛 膝盖有些疼

上帝 的这件肉体
还在我手里

2016/6/29

伊沙点评：虽然，在《新世纪诗典》作者749人的名单里有贾樟柯的名字，但其诗人身份尚未确立，韩东正走在去当导演的途中，蒋涛正等待着从副导演转正，目前名副其实的诗人导演是刘一君，他已拍过多部电影，多次在国内外获奖。关键在于，其诗人身份是早就确立的，这是他第二次上典，第一次是在2012年10月。本诗所关心的问题是中年人普遍关心的问题，令我想到20世纪90年代“中年写作”的提出又是一个装逼的姿态，人到中年自然就是中年的状态，提前提出是青春写作的意淫。

2016.8.18

无题

张二棍

秋风吹得人间，像个刑场
秋蛉依然没心没肺地唱着
它们为自己的将死，摇旗呐喊
路过一个村庄，看见慢腾腾的人群
围着简陋的土地庙
转来转去。这秋收后的仪式呀
笨拙，原始
使穷人们，看上去又穷了一点

伊沙点评：我在《当代诗经》的编选者序中公布了我五年三个月的最低读诗量，二十万首。这意味着什么？意味着我不会满天下去找诗读，只会更认真负责地对待正式投稿。在见到张二棍之前，我已知其名，但没有读过他一首诗，他出现在长安诗歌节鄂尔多斯场，表现不错，拿下季军，被我当场订货。有一点不适我也想说出来：你的感觉不错，但不要以为自己懂得一点诗歌的常识就掌握了真理，一个以底层生活质感见长的诗人更不应该。

2016.8.19

行为艺术

沙凯歌

我把一块
世界地图状的
油饼
扔在地上
蚂蚁们很快
占领了全世界
覆盖了欧、亚、非……
英、美、中……
我默默打开
声音探测器
期待听到
世界发出一种
类似叫床的
快意呼喊

2016/6/7

伊沙点评：“北师大诗群”在中国当代诗坛是个不可说的隐秘而巨大的存在，大家小心翼翼地回避着它，怕得罪了谁？怕谁受刺激？谁呢？好吧，在中国，被弃于野的东西生长得最快，“北师大诗群”还在不断生长——以张甫秋、里所、沙凯歌为代表的硕士诗人，构成了一个新现象。不过，她们似乎失去了北师大诗歌特有的野性，“北师大诗群”的价值就在于一个含义复杂的“野”字。对沙凯歌本人，我想提醒的是，不要把诗歌当功课或课题。

2016.8.20

父亲的生日

唐晴

自从父亲年过七十
我就越来越厌恶百以内的加减法
我只记得农历八月十三
是比八月十五更加美好的日子

伊沙点评：我读过唐晴整本诗集，从总体上讲，她是一位泛抒情诗人，新诗的痕迹还留有不少。在青海诗会期间，她忽然改变，写出本诗，吓我一跳。我们是否可以这样理解，抒情诗＋智性＝现代诗？“新世纪诗典”系列诗会可以改变诗人，我担心的是他们回到日常环境之后——本主持上海推荐。

金炫

张小云

金炫就是我们的导游
刚落地时他介绍韩国三样东西
第一样是韩国好车好产品留在国内用
第二样是钱包很小里面只装卡不装钞票
第三样是大家重视健康优先去体检
其实他所介绍的都落点在大话题
第一样讲韩国民主
第二样讲韩国人的道德优越
第三样讲韩国的民生
我私下夸他没按导游词水平实在高
他说那当然了。如果你们是年轻富二代
我就给你们扯哪儿好玩明星常在哪儿露脸

第四天金炫带我们去购物
私下跟我说大哥你进去得好好捧场
结束那天，他跟我们道别时
伸过来的那只手特别凉
握完手，他边打电话边快速向外走
头也不回，把一群想抽烟的人
甩在仁川机场出发大厅的正中央

伊沙点评：“我只能被一个人拒绝一次”——这是我的信条，前年编选《中国口语诗选》向一百位口语诗人约稿，五位未来稿，其中就有张小云，于是他错过了《口语诗选》和后来的《新世纪诗典》，也错过了《当代诗经》，直到不久前在韩国讲清楚，他是由于当时遭遇亲人的病故而不上网。这是韩国行的订货，它将一个导游写得活灵活现、入木三分。

2016.8.22

观察一滴水

杨森君

我开始专注地观察一滴水
它悬在一根生锈的铁管下面
怎么也掉不下来
它太像一滴眼泪了
……我有意碰了一下铁管
帮它掉了下来

伊沙点评：看着奥运会，心里想着诗。譬如，我觉得口语诗就像一些对抗性强的项目（譬如乒乓球、羽毛球），重在赛场上的随机应变——在诗上即兴性强；意象诗就像一些动作性强的项目（譬如体操、跳水），你得在训练中千锤百炼一些有新意的动作，然后搬到赛场上去。但有些写意象诗的老手，光顾得千锤百炼了，忘了动作的创新系数。杨森君状态不好时便是如此。状态好时便如本诗。

母亲节

石薇拉

2016.8.23

5月8号
空间
朋友圈
群消息
全是母亲
我忍不住
去母亲的房间
睡了一下
醒来已是5月9号

伊沙点评：大人说起孩子写诗，总是怪怪的酸酸的，譬如，“每个孩子都是诗人”——不对，不是每个，还是一小撮，张嘴貌似都是“诗”，你让他（她）自己写出来看，大部分孩子写套话比大人写得都老套；再譬如，面对小天才，“等他们长大了再看”，人家已经在创造诗歌的辉煌，跟你的创造完全平等，长大了如果还这么牛，那就是大师了，你还有啥活头？大人们，在孩子面前，收起你们的复杂心态吧！我现在特别想看到石薇拉、游若昕、张心馨、茗芝们与我们这些大人同场写作同题诗的情景。

2016.8.24

罗盛教

叶臻

1976年
我读初中二年级
初冬的一天
我跳入观音河
救起了一位落水的小女孩
班主任张老师知道后
给同学们出了一道作文题
《向叶有贵学习》
并把我请到黑板前
叫我介绍救人的经过
我很紧张
不知从何说起
他就启发我
说你救人时想到了什么
我说什么都没想
张老师听后
用右手
非常有力地做了一个
下劈的手势：
不对
你应该想到罗盛教

2016/4/28

伊沙点评：在我心目中，叶臻的存在对安徽非常重要，不可缺少，他证明了该省的诗人老老实实写常态诗完全可以写得好，没有他，我还以为只会出符号或概念贩子呢。诗人的创作也在修正我的观念，譬如我过去认为像罗盛教这种需要加注解的名字最好不要写，现在不了，想写尽管写，也无须加任何注解，想了解的人自会去了解。不要忘记我们所说的现代诗当含当代性。

2016.8.25

突如其来的暴雨

东岳

突如其来的暴雨
将对面工地上的
一群民工
冲了个措手不及
他们从架杆上爬下来
争相跑进下面尚未装修的
一栋别墅里
我在离他们有三十米
左右的寓所的窗前
恰好看到他们狼狈的
样子

“你可以在窗前跟他们一起
默默看这狂风暴雨
横扫大地
也可以写一首诗
但千万别可怜他们
那是污蔑”

伊沙点评：在青海诗会《当代诗经》首发式上，当诗人东岳朗诵其唯一的入选作品《烟疤》时，邻座沈浩波悄声对我说道：“这么好！要啥有啥的好！”我回应道：“是啊！把各个环节锁死的好！”——切莫以为《新世纪诗典》诗人只会相互挑刺，他们更会彼此欣赏。说完好话，泼点凉水。东岳前三首推荐诗前后花费时间为一年，第三首到第五首，费时四年，现在来到了第六首——一首意识领先非常精彩的诗，但愿会扭转颓势。

2016.8.26

信仰石头

德乾恒美

做学问要有信仰
研究石头的信仰石头
研究甲骨文的信仰甲骨文

牛顿研究万有引力
他信了上帝

伊沙点评：德乾恒美的6.0，加上他凭《女人》一诗入选了《当代诗经》，是我目力所及最出色的藏族诗人。他在青海诗会上登台朗诵时，我有一种隐秘的心理，不怕其抒情，甚至希望其抒情，抒情是藏族的强项，但我又不希望他在抒情的同时流露出新诗的积习——这种心理，能够代表我对少数民族诗人创作的总体认识。

墓碑

了乏

2016.8.27

额尔古纳野地上一块墓碑
正面刻着“刘素莲之墓”
背面用小学生彩笔
自上往下写着
五个歪歪扭扭大字：
妈妈我想你

伊沙点评：在五年《新世纪诗典》迄今已经推荐的750位诗人中，空军上校了乏是唯一的中国人民解放军现役军人，由此可见在军队中写作现代诗之难。在我看来，他最大的问题就是不稳定，我猜想这与职业有关——但是，这不能成为不去解决问题的理由。我有一条经验与了乏分享：当你感觉自己状态不好时，不写或者提高要求写，也就是提高自己的下限。本诗在我看来，简直就是对口语写作与书面语写作的形象对比描述。

黑佛

庄生

以前的一位同事
信了佛
加了我的微信
我发吃肉的照片
她说不能杀生
我发吃鱼的照片
她说我造罪孽
我发刺青的摄影作品
她说：
“在日本，
纹身是黑社会
在韩国，纹身是犯法。
你拍纹身特写照，
是要告诉别人什么意思？
你要传递恶念还是善念？
后面都有报应的。
阿弥陀佛。”

伊沙点评： 庄生同学成绩单：《新世纪诗典》9.0，《中国口语诗选》4.0，《当代诗经》2.0——作为一位出生于1985年的诗人，这是一张相当优异的成绩单，但恕我直言，在同行心目中，庄生同学的分量与此并不相符。想想看，到底为什么？我以为，如果说上述都是在加分，那么他平时自发之诗就是在减分，还有在微信上乱说幼稚话。《新世纪诗典》是个替诗人藏拙放大好的利器，但也架不住当事人自黑。君不见，多少神话由《新世纪诗典》而生到自出诗集为止。

2016.8.29

选举

三个A

投票结束
在点票的过程中
发现有人
在选票上
只画了
一把枪
并注明枪里
没有子弹

伊沙点评：三个A同学成绩单：《新世纪诗典》9.0，《中国口语诗选》4.0，《当代诗经》1.0——与昨日推荐的庄生同学相比，第三项少了一个点数，但是在同行的心目中，三个A却是比庄生分量更重的诗人，是桂军少帅。他不自黑，他做诗事，都是因素，但最重要的一条，他有一个鲜明的形象——广西现代诗的看守者。

2016.8.30

剃狗毛

湘莲子

小狗身上有一只小跳蚤
我捉不到它
它在狗毛里跳来跳去
为抓它
我剃光了狗毛

我剃狗毛的时候
楼上有人跺脚大叫 好球

而网上
球迷们吵得不可开交
为没有小跳蚤
梅西的阿根廷队

伊沙点评：在今天之前，湘莲子有十四首诗被推荐，但只有一首诗入选《当代诗经》（更严重的是，有两位满额十七首推荐者各自只有一首诗入选），如何理解这种现象？我在青海诗会上已经讲清楚了：“80~90分之间的诗多，90分以上的诗少。”“赤脚的诗少，丝袜脚太多。”今天推荐的这一首，还是“丝袜脚”，就是没有达到彻底的自然，还属于“想”出来的诗。

冰岛

伊沙

2016.8.31

那是十四年前
我首次出国
去的是瑞典
在奈舍国际诗歌节上
见到一位冰岛女诗人
她在台上朗诵
像在床上
在男人身下忸怩
发出的声音
是性感的呻吟
她在诗中写道：
“在冰岛的极夜
一个女人
将一只灯泡
塞入阴道……”
把同去的
中国下半身女诗人
震翻了
除了登台亮相
她不与任何人交流
总是形单影只
幽灵般飘过
仿佛她的国家
在地图上的样子
一块海上的浮冰

伊沙点评： 自选诗要有眼色，你要看同行的眼色，你要记住在过去四个月里，你哪首诗在自发时是最受欢迎的，同时你自己也觉得好——本诗便是这样选出来的，它的缘起是看欧洲杯足球赛，是冰岛队令人耳目一新的黑马表现以及带来的人文冲击。2002年，我首次出国去瑞典，当年便写下过不少好诗，十四年后又赐我佳作，哦，经历便是财富。通过本诗，我想说什么呢？那些反先锋崇经典的人，一厢情愿地以为西方诗歌在20世纪60年代以后便不再发展了——你是这样的土鳖吗？

对不起

左右

最近因一件琐事
我迁怒于父亲
“你不声不响把我证件拿走干吗
赶紧托人带来西安
都十几天了
我出门办事，旅游，坐车
都能省很大一笔钱呢”

一周过后
父亲才回信
“家里担心你过马路不方便
我拿你的证件
去残联替你申请了一个导航仪器
排了好多天的队
现在领到手了”

“对不起，儿子
本想给你一个惊喜”

伊沙点评：欢迎左右加入到长安诗歌节同仁的行列中！我是这项动议的提出者和力主者。从道理上说，有出有进，流水不腐；从实际上说，碰上一个能够达到长安诗歌节同仁业务水平的诗人，谈何容易？这个不抓住，下个在何处？还有一个很重要的因素，左右的加入能够带来爱心正能量，他有事无巨细帮助他人的热心肠。人居秦地，易被黄土掩埋，被风干成腊肉，实在需要热心肠的活力。本诗是青海诗会“葵之怒放诗歌节”季军作品。

三月

朱剑

东京的
樱花
血一样
落在了
南京

2016.9.2

伊沙点评：本诗是青海诗会“葵之怒放诗歌节”冠军作品，用我的话说：“是一首不光可以入典，还可以直接入经的大杰作。”——众所周知，我12年前编选了《现代诗经》，不久前又编选了《当代诗经》，“经”系列也会做下去，它是典中之典，是典的精华。本诗之好，好在不动声色，貌似啥都没说，却字如重锤力达万钧，我估计又会给学写口语诗者带来混乱了，到底是口语诗，还是意象诗？为什么不可以既是口语诗又是意象诗？一转眼，我口中的“小朱”都已经41岁了，本诗对得起自己的年龄。

110

王有尾

迄今为止
我一共打过两次110
一次在西桃园
几个男的
在抽一个女的
等警察过来
他们解释了一番
却又一起走了
一次在昆明路
几个男的拿着砍刀
在追另一个男的
等警察过来
那个男的已经躺下
血从鼻子里
汩汩地冒
其中的一个大盖帽
上去抚弄了一下
便对另一个大盖帽说
打120吧

2016/8定稿

伊沙点评：“这首也很经典，入典没问题，但不能直接入经，需要到时候与其他人的诗比。”在距今最近的一场长安诗歌节上，在重新检验青海诗会的订货时，我做了如上的点评。我不知在当代中国还有没有别的诗人圈在如此计较一首诗的好坏，但我知道好诗不是天上的馅饼，你不惦记它，它是不会砸在你脑袋上的。有尾外糙内秀，不声不响在《当代诗经》拿满3.0是证明，一不留神在青海诗会拿走最佳摄影奖又是证明。本主持北京推荐。

午夜小区

黄海

小区的深夜只剩下
路灯照明
可见的楼房的窗户
有盏灯亮着
透气
保安晃动着手电的光
照在墙上
光，反照在树影里
夜猫果然躲在树上
它听似呜咽的叫声
在春天有些亟不可待

深夜漆漆
直到点燃的那根烟
夹在手指间
在燃烧
灼伤到皮肤
一惊到痛
一截烟灰
像连同我的一根手指骨
在这个深夜
弹落在地上
又惊到了另一只夜猫

2016/3

伊沙点评：在任洪渊研讨会的现场推荐黄海的诗，拣最要紧的话说——其实就是三个字：要多写！我能看出，黄海在少写期，他的语言是涩的；而在多写期，他的语言是顺滑的。还有一点，其诗看起来比听起来要好得多，这倒不是说要补朗诵课，补也来不及了。本主持北京推荐。

第六辑　用一瓶啤酒打开另一瓶啤酒

我们坐在硬座车厢
周围的白人黑人
昏昏欲睡
黄种人辅导员
耳麦传出京剧唱腔
我用一瓶啤酒
打开另一瓶啤酒
又把开了的啤酒盖儿盖上
打开这瓶啤酒
再把开了这瓶盖好
去开又盖上了的那瓶

——侯马

2016.9.5

基督教

西毒何殇

通过张强浩
认识一位新朋友
交往了两回
知道他是基督徒
几天前在他办公室
聊到宗教话题
他说每个人
都需要上帝拯救
我未置可否
但随后两小时
他讲了好多故事
并用不可思议的神迹
告诉我上帝有多好
他说只要我有空
随时可以带我去教堂
他跟我的关系
还没好到这一步
他如此急切的心情
让我觉得
是不是
上帝很需要我?

伊沙点评：有一天，我突然发现，目前渐成风气的“新宗教诗”竟也是源起于我，我2010年在衡山写的那一大组，从其中《智慧》被《新世纪诗典》推荐开始影响诗坛。本诗当属这一类，写这种诗要小心，要发微词不要说大话，更不要下粗暴的论断或结论。宗教恐怕不那么简单，我们不要自曝其小。本诗在这些方面做得还不错。本主持北京推荐。

2016.9.6

故乡

艾蒿

他们不愿和别人
争夺土地
他们不善于反抗
在穷苦的年代
只为找到一个连土匪
都不愿去的地方
远离水源
然后在五十度的斜坡上
种植土豆和玉米
他们偶尔喊一声
群山相互寒暄
现在已有所不同
年轻的后代出去了以后
就再也不愿回来
两边的野草和灌木
淹没了山路
以至于
让另一些善良的人
再也无法去
看望他们

伊沙点评：自古文人相轻，诗人当属此列，长安诗歌节六年顺当走下来，已属奇迹，忽然遭遇多事之夏，也算正常。适逢最年轻的主席艾蒿当值，那是天将降大任于斯人也，此人外柔内刚、外圆内方，微微一笑，绝对不慌，从容应对一个无法回避的严峻时刻，让长安诗歌节走上了再出发的正规。对其诗我想引用《当代诗经》青海首发式上我的点评语：“他诗的赤诚度是中国所有诗人中最高的”——说句老实话，我在偷学之。

2016.9.7

困惑

君儿

菩萨甲
问
菩萨乙
为什么我的灯
灭了

伊沙点评：我曾公开说过，《新世纪诗典》的游戏规则并不适合君儿，她更适合通过出诗集来展示个人实力。但是，在比《新世纪诗典》更严酷的《当代诗经》的选稿中，她是三位“选超了”的诗人之一，另两位是沈浩波和我。最终，我庸俗地削去了他们各一首。这到底是怎么一回事？有一点是可以肯定的，她有一种认准了一套价值体系后一条道走到黑的坚韧和倔强。我知道，她几乎是实力男诗人们最尊重的中国女诗人，有实力而又心正，自然会赢得这样的尊重。本诗又是那种几个字便能赢来大论文阐释的作品。

2016.9.8

死的地方

马海铁

剥光，清洗，过秤
记住净重。如果轻如鸿毛
就死在街角，路边和逆行方向

如果半斤八两
就死在窑洞和土坯房子里
周围环坐一半以上的儿女

如果分量足够
就熬到合适的年龄，从容说完
最后几句话，寿终正寝于堂屋

如果重如泰山
就身不由己，死在宫殿里
死后不能入土为安

如果是真正的诗人
就走杜甫和李白的老路
死在船上，死在月光笼罩的湖上

如果是黑暗里的怨妇
就吊死在房梁上，就做山魈
捂着心脏，在树林里转悠

如果死后想发大财
就买保险，然后在天空坠落
让活着的人找不见踪影

伊沙点评：马海轶上一轮推荐是在5月24日，今又来，是他两首间隔最短的一次，只是因为他写出了本诗，一举拿下了长安诗歌节青海场冠军，这也确实是一首具有冠军品质的作品。在《新世纪诗典》前进的快慢节奏，由好诗决定。有人刚说马海轶以往的诗与其人不大相符，最像其人的一首诗便写出来了。由衷祝贺老友取得了光荣的进步。

梦境

白立

2016.9.9

梦中与一位著名的美女诗人
做爱
她在诗坛上红极多年
有着娇好的面容
叫床声宛如天仙之音
可我怎么都无法进入
仔细再抚摸她的身体
坚硬又冰凉
仿佛一具僵尸
旁边走来一位口语诗人
告诫我：老白，放过她吧

我恍然大悟
即刻逃离

伊沙点评：白立是“长安诗歌节”青海场季军得主，让他得奖的并非本诗，本诗更早以前已被订货，它甚至是最早被确定的第二轮推荐作品。为什么？就因为本诗写得比较二，二得比较好——有效的先锋性在《新世纪诗典》和《当代诗经》，在我的价值体系中历来受到推崇，我深知，我如果朝后退，先锋诗何所居？中文诗希望何在？这种二虎劲儿出现在一个年过半百的诗人身上，又是多么难能可贵！

我发现自己有邪恶的力量

图雅

那些曾经
取笑我
挤兑我
打击我
孤立我
在背后说我坏话的
都得到了报应
有的死了丈夫
有的被开水烫伤
有的得癌
有的起了一身湿疹
有的骑电动摔伤
有的女儿疯了
有的被双规（你懂的）
我没对他们动过邪念
最多说句气话
死去吧
当他们真的死去或倒霉
我一点也不快乐
现在
我像守着潘多拉盒子
不敢打开它
哪怕是放出
一句气话

2016/8/6

伊沙点评： 昨天耍二的是一位出生于1963年的男诗人，今天耍二的是一位出生于1964年的女诗人，老夫（妇）聊发少年狂，如今少年不见狂。随着形式革新健全品种的阶段过去，年轻人已经不再是必然的先锋派（暧昧者多矣），我记得他们最后一次发狂是下半身。其实，本诗有一个很大的诗学依据：诗可以怨。但更可贵的是作者毫不避讳自己小女人的一面，庸常的写作者往往是在追求“伪大”中走向了非人。

2016.9.11

恐惧

李异

1950年
解放海南岛前夕
姥爷还在文昌
当渔民
有一回
他在海上
三天两夜
一无所获
准备掉头上岸
却在途中
捕捞到一个
像人一样的海怪
浑身黢黑黢黑的
比非洲人还要黑
双眼一直流着泪
姥爷
解开渔网
将他放回大海
到了家
他把事情告诉村民
大家认为这是凶兆
当天就敲锣打鼓
搞仪式
把姥爷

赶离海港
此后
他就在琼山老家耕地务农
小时候
他跟我讲起这件事
他说这世上
不仅有海猪海牛
还有海人
陆地上有的
海里也全都有
1966年
姥爷被揪上台
脑袋被十几把锄头敲没了
陷入泥地里
拔不出来
十五年前我
坐船
离岛去大陆
靠在船舷上
盯着翻涌无际的大海
想起了姥爷
一个念头
在我心里盘旋:
海水下面
是不是
也住着一群
永远
担惊受怕的人?

伊沙点评：作为科学家之子，我不是好大喜功的人，《当代诗经》选稿表明，李异、韩敬源的大学之作写得有多好，就是我在《观音在远远的山上》里讲过的事实：我培养不出诗人，我只是点燃了天才，我的好运气在于，我碰上了这些天才。回想起来，李勋阳是西外大创建汉语专业的首届学生，李、韩是第二届学生，条件能有多好？他们靠的是自强不息。本诗表明，李异之诗，如其体型，在加壮加厚。

2016.9.12

在图书馆

谷驹休

一排排响当当的大名
密集得让我眩晕
一些老家伙换了新装
还有些无人搭理

这是难得的空闲
文学梦得以慰藉
我心却不够淡定
当书架间闪过
女人的倩影

噢，我想起布考斯基
想起他把掀开女图书管理员
裙底的欲望捻成了诗句
我也只好
让心仪大师的姓名
在借书单上
吱吱吱吱
再打印一次

伊沙点评：上海截句诗会做得空前好，在奢侈品店——上下空间做，是前所未有的，结果六百人报名，只能放进来二百人，自由朗诵须排长队。其中水平最高的就是《新世纪诗典》2.0诗人谷驹休，比别人高出一大块，甚至比部分嘉宾诗人水平还要高，本诗便是我在现场订的货。

所以

茗芝

我还小
我是个女的
我是剖腹产生的
所以
跑去喝水的小狗托比
掉进湖里
我不会去救她

2016/1

伊沙点评：茗芝在进步，一方面，她讲理的诗写得很扎实；另一方面，她不讲理的诗更可爱——本诗当属后者，讲歪理等于不讲理。我知道前者自会有别的编辑选，而后者则容易被他们忽略，所以推荐后者——五年《新世纪诗典》做下来，编辑学方面的经验也越积越多，谁家想超越《新世纪诗典》，愈加难。

手谈

简明

手指在棋子落盘之前
抢先摸到声音

白棋落下，声音发黑
黑棋落下，声音泛白

只要两人同在
必有一人心乱

2016.9.14

伊沙点评：我在我90年代截的大学时代的句子中读到："总是在考完/我补一手/教授说：您是后手"（见诗集《点射》）——哦，我一棋盲，尚能留下棋诗，《新世纪诗典》五年半了，貌似从未推荐过一首棋诗——不怕贼偷，就怕贼惦记，我这么一惦记，它就来了，题目我就喜欢，将下棋说成"手谈"，是中国文化真正的大雅，从"手"开始，到"心"结束，本诗写得讲究而精致至极，简明。

2016.9.15

阿莲的父亲下葬时，她正在打一只苍蝇

李柳杨

阿莲的兄弟朝棺材磕了第一个头
阿莲的碗边叮了一只苍蝇
兄弟抹干了眼泪
阿莲抽出了一个拍子
兄弟向棺材撒了第一把土
阿莲正到处挥舞着她的拍子
接着泥土铺天盖地地淹没了棺材
阿莲的苍蝇又停在了她的碗边
抬棺材的兄弟灭了他的烟插进土里
阿莲挥了挥手把那只苍蝇赶走
一铲一铲的土终于达到了它该在的高度
兄弟停了下来擦了擦汗，他说
“真热，生死一个样受罪啊！”
苍蝇再一次小心翼翼地停稳了
兄弟铲了一块土盖在了父亲的坟头
好了，他说
啪的一声阿莲终于把苍蝇拍死了
好了，她说

伊沙点评： 两次“磨铁读诗会”，李柳杨并未当场订货，但她有个好老板，暗地里将本诗推荐给我，助攻成功。老板给员工推荐诗，说明这一定不是最差的时代，但说出老板的名字，你会不会感到很失望，沈浩波。所有的意外都不意外，这也是这个时代。本诗好极了，一个90后的写作者，竟然会有如此老辣的设计、如此可怕的叙述的耐心。作者可以成来总结败，很明显，本诗比那些未选的诗有一条很清晰的脊骨。

2016.9.16

远眺卡拉瓦乔20岁的脸

任洪渊

那些几乎石化的欧洲人，曾经从希腊石头青铜
的残躯断肢上找回他们的生命意识。
如果重回佛罗伦萨，我们还能不能够在
大理石的嘴边呼吸、青铜的头上思想，壁画
油彩的眼睛里自认和自我肯定?

远眺卡拉瓦乔扬起大卫20岁的脸
在米开朗基罗永远少年的大卫身边
非利士人连同无数个世纪溃退了
不到成年的生长抗拒着时间
他的四周，纷纷凋零的阳光

同样的萌动，卡拉瓦乔的大卫
预感到衰残，渐渐在脚，在身，在脸
渐渐迫近他的鬓边
衰败的头颅就是哥利亚的头颅
能够第二届青春吗? 他自刎
衰老的头颅，在衰亡之前
再一次扬起大卫20岁的脸

剑锋，还斜横在胸前
乱发的断头，提着
停在落日掷地前沉重的静止
那是断绝衰朽的一剑

一个身躯的两个头颅，隔剑相觑
衰老与青春最后的对视
映着脚下血色中的暮色与曙色
卡拉瓦乔在两张对望的脸上
凝视自己

远眺卡拉瓦乔20岁的脸
像是破空，又像是扑面
波伏娃百年诞辰的巴黎，近在波伏娃
1952年转过身去的背面裸照后面
鄙弃的，她长久背对半个时代
没有萨特
是只有波伏娃的身体纪念波伏娃的思想，
还是天演的思想，也等待桃色身体的怀念？
而我，不转身爱脸也爱背面

再一次叫出：人
就在狮身人面，闻声倒毙
在俄狄浦斯脚前的地方
他那一幅扬起20岁的脸和她
那一帧妩媚着年化的背面，突然
重回元初的双性同体，同时
面对和背对我的今天

一稿：2008年
二稿：2016年4月

伊沙点评：我所了解的真相是这样的：在任洪渊先生于北师大中文系执教的十六年间，他所带过的学生，届届都有写诗的，只不过被外界所知，是从我开始，从中文系1985级开始——也就是说，他是20世纪最能够感召学生投身诗业的大学教师，是强大的“北师大诗群”的灵魂。除了诗人、理论家这些头衔，他还应被称作“诗歌教育家”。

夜行列车

侯马

我们坐在硬座车厢
周围的白人黑人
昏昏欲睡
黄种人辅导员
耳麦传出京剧唱腔
我用一瓶啤酒
打开另一瓶啤酒
又把开了的啤酒盖儿盖上
打开这瓶啤酒
再把开了这瓶盖好
去开又盖上了的那瓶

2016/8/22

伊沙点评：近来欣闻沈浩波为先锋鼓与呼，也令我想到一个可怕的现实：若没有北师大诗人为先锋张目，这国家的诗坛价值体系将更加混乱。北师大诗人，不光喊，还在做，本诗是近期以来我所读到的最有形式意味的作品，是9.3“磨铁读诗会”冠军作品，现场似有争议，我反对唯形式主义，但我所理解的先锋从来都包含形式革新，即便不从形式上理解，本诗后半部看似无聊的一系列开酒瓶动作，藏有最小的意味，很大的意思（好玩），最小的意味意味着意味本身（请仔细读）。

排队

徐江

生于20世纪60年代
我们都有过
秋天里提篮拎筐
在粮店外排长队
等着买按人口配售
红薯的经历

那两三列的长队里
几乎每一个行列
都会有班上的同学
但排队的时候
一些人不再说话
他们只默默地排队
好像从不认识

伊沙点评：过去半年里，《新世纪诗典》国内外诗会颇多，据不完全统计，徐江拿过一次现场冠军、两次亚军、一次殿军，几乎每次必入决赛轮，理论上的订货多矣！但是，最终推荐的本诗却不是给他带来上述成绩的诗，而是他在发货时附在最后的一首——这就是《新世纪诗典》的选稿，精益求精，为作者高度负责。本诗打动我两次，第一段让我想起童年生活中的各种排队；第二段是重大发现，我有完全相同的经验，至今都是我心中之谜，为什么互不搭理呢？我真不敢妄下结论，也许并无答案。

夏日追忆

桑克

2016.9.19

浮现至少一层蒜皮，连同高卢雄鸡的毛发，
过去的青葱生活只是一根失聪的葱，
回返，如同一头知冷知热的紫皮蒜。
次第失算，她都会从与舌头相关的辣度记忆中，
任你怎么呼唤，他也听不见，他也不可能
一同补偿你被山西陈醋教育的童年。

伊沙点评：在江湖人眼中，桑克是北师大的“叛徒”，其实他们说反了，后来走了口语诗的那几个才是真正的“叛徒”。北师大原本属于高大上的首都学院派诗歌的一个分舵，是我们背叛了它，桑克坚守了它。实话实说，我能够接受一半的桑克，是他写得很清晰一句是一句的那一半，不能接受的是他碎嘴子玩杂糅不好玩的另一半，本诗当属前者。

自从十几年前当时还是
我女朋友的妻子不再给我做饭

沈浩波

我就再也没有吃过一顿带有爱意的饭

2016/7/27

伊沙点评：如果将“北师大诗群”按足球队的阵容排，体现攻击力的中前场当如是哉：任洪渊（后腰）、侯马（左前卫）、桑克（右前卫）、徐江（前腰）、沈浩波（左前锋）、伊沙（右前锋）——这是国字号球队的阵容。我把梅西的位置给了沈浩波，他却是一个C罗式的射手，进球很多，有的进球也很漂亮，但也常常浪射，总之要靠更多的射门来制造进球。本诗当然是漂亮进球，挺刁的巧射。

来自幼儿的观察

里所

2016.9.21

晚间的地铁上
一个三四岁的孩子在看我
眼里带着对陌生事物的探究
或者他仅仅是漫无目的
但面对一个幼儿固执的凝视
我在与他目光相对的时候
感到心中一震
也许他读走了我的秘密
即便我戴着口罩
他的眼神分明说出
他已经全部知道
于是借助他的视角
我看了一遍自己

这个吐火的人
从内而外都要烧着了
她正极力把焦灼的心
置于冰水或者激流
所以她打着摆子
却还是
热得要命

再看那个小孩
依旧是洞悉世事般忽闪着眼睛

就像他真的明白了
一个满身风暴的女人
是一块极易自燃的磷石

2016/4/10

伊沙点评： 本科：西外大；硕士研究生：北师大——李淑敏（里所）的受教履历，会让中国当代诗歌的懂行人会心一笑，善良人会羡慕，正常人会嫉妒，邪恶人会装作没看见谁提跟谁急。在今后相当长一段时间之内，不会有比这更好的诗歌基因了，所以她必须意识到自己的责任——我见过太多被名利压垮的诗人，我没有见过一个被责任压垮的诗人，责任会让诗人变得更重更大。本诗好在于无声处藏惊雷。

保持干净的卫士

张甫秋

每次刷牙刷到舌头
就会干呕想吐
我庆幸自己没怀孕
不然实在忍受不住

当然让我恶心的
还有肮脏卑鄙龌龊
下流愚昧蠢笨无知
贪婪邪恶暴虐残忍
冷酷无情荒谬虚伪
谄媚谎言阴谋诡计
不公正没真相
还有一丝的虚无

可也就几分钟
放下牙刷走出浴室
我就又是个好青年

伊沙点评：“每次刷牙刷到舌头/就会干呕想吐/我庆幸自己没怀孕/不然实在忍受不住”——不要小看这四句，对于中国绝大部分女诗人而言，你要说成是她们写的，那可吓死宝宝了。没有身体意识，就没有真正的生命意识，也就没有性别意识，中国绝大部分女诗人写的诗像中性人写的，毫无性感可言。到了张甫秋这一代（她属于85后），又不似稍早些的女先锋，写得那么悲壮那么苦那么另类怨妇，这都不是事儿。与《新世纪诗典》俱进的张甫秋，她的成长令人放心。

完美感觉

吴雨伦

我不听贝多芬
不听莫扎特
不听巴赫
男高音女高音
唱那像是下水道里传出的
我永远听不懂的语言

直到一天晚上
寒冷驾到
大风擦着窗口嘶吼
恐怖如野兽般降临
我把维也纳人装进耳机
隔绝世界，入梦

噩梦惊醒
夜里，没有风声
耳机在床头，发出微弱的声音
是莫扎特的独奏
在黑暗中
像个小精灵
自由的鼾声

2015

伊沙点评：本诗见刊率奇高，我每读一遍，心里都会说一声：“真好！”——这便是我要推荐它的理由，不管它的作者是我的谁。并且，“北师大诗群周”需要一个意味深长的7+1，这个1得是一个在校生。于是我要的意味更加深长，这是中文系（文学院）以外出现的首个诗人，郑敏在外语系教了一辈子书，没出一个，于丹旗下倒出了。放眼未来，文学院尚能出否？

2016.9.4

为什么

马非

每见动物
不管它是
天上飞的
水里游的
陆上跑的
小到蚂蚁
大到老虎
我首先想到的
一般都是
它能不能吃

伊沙点评：从2011年4月5日创办《新世纪诗典》至今，是2000个日子，我推荐了2000首诗，出自752位诗人之手。今晚，我将第2000首——大节点上的荣誉推荐提前定给了《当代诗经》的策划人、出版人、青海诗会的组织者马非，感谢他为《新世纪诗典》事业的发展做出的重大贡献！也感谢五年半以来他为《新世纪诗典》贡献的18首优秀诗篇！他是以口语诗为信仰的成熟诗人，本诗最能体现口语诗的特点，言简意赅，直戳人性!

2016.9.25

头颅与美酒

马拉

头颅是圆的，可以做成酒器。
野蛮人那样做过，
胜利的野蛮人。

聪明人不屑用头颅做酒器，
那太暴力，也并不高明。

他们把思想植入禁锢的头颅，
活着的奴隶更有价值。

每一颗头颅都是一罐美酒。
让聪明人痛饮，还不忘送上
忠诚的赞美。

伊沙点评：本诗作者第一次被推荐已经远在2011年12月8日，当时他叫木知力，这几年以马拉之名将小说写得风生水起，已经成为国内70后一线小说家。我在微信朋友圈里问他："诗还写吗？"他回答："一直在写。"我从其来稿中选出了本诗，置于《新世纪诗典》再度启程的第2001首——借此昭告已经推荐过的752位诗人中的流失者：如今已经进入以文本抢眼球的时代，你们不抢，别人不会主动去看。

炒雪

戴潍娜

喜欢这样的一个天
白白地落进了我锅里

这雪你拿走，去院外好生翻炒
算给我备的嫁妆
铺在临终的床上

京城第一无用之人与最后一介儒生为邻
我爱的人就在他们中间
何不学学拿雄辩术捕鱼的尤维亚族
用不忠实，保持了自己的忠诚
这样，乱雪天里
我亦可爱着你的仇家

2015/11/23

伊沙点评： 蒋一谈主编的《截句诗丛》的出版引起不小的反响，我参加了京、沪两地的宣传活动，当一大堆截句被诗人们朗诵出来，我以为能与我杰出的截句比肩的只有戴潍娜的一句诗。她是美女，她是诗人，但她不是“美女诗人”（这个称号像骂人）。她牛津毕业、杜克访学、能写能译、能导话剧——但愿这些社会喜欢的东西不要成为其诗的负担。

写诗

老刀

我写诗歌
不是什么灵魂的需要
爱的自然流露
更不是记录情感的真相
我没有那么伟大
我写诗歌
纯粹是为了壮胆

2016/7/30

伊沙点评：五月在湖南株洲，在《诗刊》青春回眸诗会上遇老刀，聊了不少，但那时候，在我心目中并没有一首诗能够代表他——在我看来，诗人因诗而存在，诗在，诗人就在；四个月后，情况有所不同，因为读了他的一首新作，写得好，不要说解构啥的（那不是站在诗人角度的谈法），就是说实话、不惧小、敢于低——不要小看这几点，绝大部分诗人做不到。

虚幻的美

大月亮

2016.9.28

雨水太多了
凌晨的圆月更像泪珠
不留下湖的那面镜子
云朵照不见自己的容颜
刺杉卫兵一样值班
鸡大鸟似的歇在柿子树上
女子的小溪时常跌成瀑布
攀岩的鱼儿总会有人抵达
知了为什么闹
空气中隐隐有爱的气息
幽灵们在物质中为所欲为
荷花池不能清洗毛笔
次数多了
眼前会出现墨荷图

伊沙点评：大月亮是垃圾正派（垃圾运动是垃圾邪派）成员，是当年叫我恶心的形形色色表演中的一个角色，多年过去，她还在写垃圾诗，脑中的诗坛就是他们垃圾派，但讽刺的是，入我法眼的本诗却毫不垃圾，甚至非常唯美——比中国诗坛的唯美专家们写的还要美（真美），这大概也是一种写作上的“中国式错位”，常发生在一些糊涂姐身上。

2016.9.29

测绘工人

舍利

他的整条右臂
树根一样
死死插进戈壁
一动不动

当搜救队靠近
他干枯了的身体时
仍可清晰听到
传自地底的
手表声，滴嗒
嘀嗒

伊沙点评：“长安诗歌节”中秋诗会在西安交通大学举行，应校方请求增设了“最佳校园诗人奖”，《新世纪诗典》诗人蛮蛮与本诗作者展开了激烈争夺，最终险胜。本诗作者也没有空手而归，本诗被订货就是他最大的收获。毫无疑问，这是一首优秀的口语诗，有才华的口语诗人都是细节专家，他们抓住并刻画细节的能力比优秀的小说家也不差。

2016.9.30

一个男工人

宋丁丁

你那狂热的眼神
激动的语言
以及对她的表白
都仅限于进工厂之前

为了她，你走进了工厂
但你知道吗？你再也见不到她了
你将要走进一个
凉气嗖嗖的大冰柜
那里面的一切，都是死的

伊沙点评：据我邮箱记载，女诗人丁燕最后一次来稿是在2013年7月，从那以后她淡出了《新世纪诗典》，干吗去了？我不好问，在今天，劝人多写诗等于劝人少挣钱。她再次出现在我邮箱中是在这个月，推荐她儿子宋丁丁的诗给我，我此前在江湖海的微信中读过几首，印象平平，其母推荐来的这一组明显更好。我只有一点意见，《新世纪诗典》出诗二代，作为现代诗人的父母在对孩子的引导上起了很好的作用，丁燕该让宋丁丁读更新的现代诗。

我的爱

潘洗尘

我的香烟
我的足球
我的诗歌
我的爱人
从前我的爱
桩桩件件都大过生命

现在请允许我后退半步
多爱一点
自己残存的生命

以积蓄微弱的能量
继续爱

2016/9/17

伊沙点评：潘洗尘是《新世纪诗典》当届李白诗歌奖成就奖得主，在李白故里江油为其举办个人作品研讨会是奖励之一。记得在那次会后，在他不在场的情况下，我和几位《新世纪诗典》骨干诗人议论起他的诗，在与之前另外一位获奖者的对比时出现了分歧，我是力挺老潘派，因为我的观点从来都是，生命大于文化——据此，我甚至认为，老潘是历届五位成就奖得主中最好的一个，现在我对己见更加坚定。我还有一个观点，大诗人是命运决定的——是命运让老潘的诗直往上走，下不来了！在此国庆佳节之际，推荐他术后新作，顺便对他说一句：老潘，为诗你也要挺住，与命运死磕！

亲爱的身体

昱昱

亲爱的身体，我的肉身
我任性的姑娘
我们不再较劲了可以吗？
我已经原谅了你当天
告别神的时候，粗心慌乱
仓促里穿了一身不合体的衣裳
我也原谅了你，这一生无法抵达
到水面上起舞，在光中奔跑
以及所有爱的庇护和忧伤……
我原谅了你所有的所有，一切的一切
天空蔚蓝，我光着脚丫坐在云上，轻轻一笑
这是你乱花渐入的红尘。亲爱的身体
不是我的

2016/9/19—20

伊沙点评：昱昱睽违《新世纪诗典》快两年了，我不知道这两年她过得可好，我只知道她每天都在与命运殊死相搏！老天爷限制了她的世界，令其诗浸染上一抹童话气质，不过从本诗看，我感受到一种正面发起的强攻，我听到了一种强者之音——昱昱，在这场与身体的较量中，其实你一直在赢，还将继续地赢下去！举国同庆的夜晚，属于你！

官员请客

陈衍强

官员来县城
打电话请我吃饭
我下班后赶到馆子
他叫我根据我的口味点菜
我随便点了几个家常菜
买单的时候
官员在口袋里左摸右摸
都没摸出钱来
我说我来
他以为我要付款
趁他犹豫的时候
我一下就从他的口袋里
掏出一摞百元大钞
数了两张递给老板娘
把剩下的还他
他姓罗
真名叫罗官员
是钟鸣村一个有钱的农民

2016/9/8

伊沙点评：写诗要有灵感，编诗亦要有灵感，今年国庆佳节的灵感是，向病中坚持写作的好诗人致敬！老陈出院不久便发来新作，当属此列。如果人诗合一，生性幽默如老陈者，利于养病。刚才看邮箱，见他已经为《新世纪诗典》诗人第一次集体触电来稿，我笑了，《戒烟吧》需要好玩的作者。大家享受本诗，我也借诗做个预告：本诗写到的罗官员——我发现的第三位真正优秀的农民诗人将在十天后被推荐。

2016.10.4

贵妇还乡

蒋涛

大姐在大钟寺的生意做不下去了
各种古玩首饰无人问津
只好欠着钱带着货回农村
如贵妇还乡

2016/7/27

伊沙点评：蒋涛这个60后，经常冒充90后，真有糊涂姐被蒙住，但是他诚实的骨龄出卖了他。近期我的同代朋友竞折腿，他也加入此列，在丝绸之路电影节上，拄拐登台领奖，场面煞是悲壮，我们那60后的由于打小营养不良到中年便严重缺钙的玻璃腿啊！本诗好玩，不是出于作者的幽默，而是出自生活的好玩，诗变好玩，自后口语诗人始。

第七辑　谈论命运的时候要关好门

我刚提高了一点
声音的分贝
风把我没有关好的门
咯吱一声
吹开

——韩敬源

2016.10.5

最安全的地方

笨笨.S.K

看晚间新闻
又一位医生遇害了
母亲说
在医院上班
遇到危险时
就往摄像机下跑
躲进镜头里

2016/9/1

伊沙点评：本诗是“长安诗歌节”中秋诗会冠军作品。我记得大约一年多以前，作者同样写医患题材却失败了，酿成了事故，因为她写成了新诗，我当场讥之为，可以发在你们行业报上或在晚会上朗诵。这也是作者第三次获得长安诗歌节现场奖冠军，这是一项了不起的成就，多少有实力的作者连一次三甲都没进过。对于我这个编选者来说，还创造了一个佳话，我选来选去给自己明年搬入的新居选出了一位同小区同一楼的邻居。

2016.10.6

完美

海青

孔雀开屏时
有一点不美
不过我
不转到后边去

伊沙点评： 本诗是“长安诗歌节”中秋诗会亚军作品。作者带病从山东飞到长安来，得到了一个货真价实的亚军，值不值？本人觉得值！诚如在现场做学术点评的西安交通大学教授黎荔女士所言：“此诗达到了哲学的高度。”昨晚与中国口语诗的先驱者之一阿吾先生畅谈，谈及20世纪80年代的早期口语诗，哪些可以留下来？哪些已不忍回读？原因何在，我又一针见了血：“为什么哲学系出身的韩东、阿吾比另几个中文系出身的更能留下来？”供大家思考。

假发

第广龙

监狱里
他的工作
是一根
一根
给发套栽种头发
许多人更加焦躁
干不长久
唯有他身心投入
他进来
就是戴了一顶
劣质假发
去整一票大的
刚动手就暴露了
逃跑时
假发还掉了
假发不能假
教训深刻呀
他做的假发以假乱真
得到表扬和减刑
放出来后
走街串巷
随身的电喇叭反复吆喝:
“收头发——！收长头发——！”

2016/8/12于延安

伊沙点评：本诗是“长安诗歌节”中秋诗会季军作品。近年来，越来越多的诗人真正认识到第广龙的实力，这一方面是因为这五年半以来，老第与《新世纪诗典》俱进，越写越对，越写越好；另一方面，他作为一个太老的老江湖，情商又不低，但之前混迹的地方不设擂台，好坏不分……真正的练家子是需要擂台的！怎么说本诗呢？不便说得太透：诚实的书写揭破文明的黑暗。

避雨

宋壮壮

下暴雨了
我们在带顶的天桥上
避雨
下面是拥堵的车流
一个骑自行车的
没穿雨衣
奋力往前蹬着
我不禁感叹了一声
“真猛啊！”
并转身到天桥另一侧
观看他的背影
他一直没有出来

2016/6/11

伊沙点评：本诗是9.3“磨铁读诗会”季军作品。记得当时我与主持人沈浩波在对这首诗的评价上并不一致，诚如我当时所说：由于我在20世纪90年代，一半是个极端形式主义的诗人（别忘了我是《结结巴巴》的作者），所以我能看出形式带来的好。本诗像一个极富张力的电影镜头，是作者让我们看到的，新鲜的视角，生活的趣味，可归为智慧。

鼓掌

邢昊

开群英会
他不鼓掌
开劳模会
他不鼓掌
开代表会
他不鼓掌
开总结会
他不鼓掌

不是不乐意
而是好难为
“文革”没举铁拳头
被红卫兵剁掉一只手

伊沙点评： 从诗江湖论坛上的边缘人物，到《新世纪诗典》的主力诗人，在短短六七年里，邢昊给了自己一个交代，给了诗坛一个交代！在其不断写出好诗、声誉日隆之际，我更愿意提出问题——是沈浩波发现的：邢昊写不好当下。在我看来，这是个大问题，需要面对并加以解决。本诗不是当下，所以他又写好了。

别墅

江湖海

一只山羊
在屋角嚼着干藤
一群泥鳅
在玻璃缸中喝酒
一树秋葵
在小园子里打盹
我被主人
请进山边的别墅
和二十个
一同被请来的人
把山羊和
泥鳅秋葵吃完了

2016/7

伊沙点评：江湖海是《新世纪诗典》系列诗会的踊跃参加者，也是“进决赛专家”：他善于进决赛，但常常败于三甲之外，似无夺冠之纪录。我觉得他这五年来，在写作上已经做到了极致，没有什么潜能可挖的了，剩下的只能是人的提高、加厚与增重。我在课堂上讲，何谓“人文”？“文”反过来会要求“人”的，逼你提高，逼你加厚，逼你增重。

2016.10.11

在自然博物馆

二月蓝

一只啄木鸟
悬在半空
一只松鼠
挂在树上

还有花面狸
凤头蜂鹰
红狐锦鸡
小灵猫

它们靠一根
细细的钢丝
玩着天堂的
杂耍

伊沙点评：作为在动物研究所长大的孩子，我对本诗有更深的领悟。你们知道在栩栩如生的标本那足已乱真的毛皮内部包裹着的是什么吗？砒霜！我那身为鸟类专家的老娘就是做标本的好手，就是标本做得太好了太多了造成了她的早逝。人类真绝，如此保留动物的美丽。我写过《盆景》，控诉着人类对植物所干的好事。越来越多的中文现代诗，开始反省人类的罪行，这是文明的进步。

2016.10.12

晚餐后

林白

我要在晚年重新开始写诗
三十年前她曾这样说
说说而已
并不在意

暮年杯盘狼藉
当年的西红柿炒鸡蛋
早已各奔东西
它们互相厌弃已多年

暮年在一场大雨之后来到
万物转世
蒸气上升
在夏天，血液自动加温
一些词神采奕奕
另外一些
蠢蠢欲动

她看不清一首诗的生长
却看见了
对面窗玻璃上的一个人
她暮年已至
又重新穿起了花长裙
裙子上的棕榈叶
哗哗作响

伊沙点评：跨界成风，诗人跨界写小说，早已成为一大现象；小说家跨界写诗，却不多见，也很难跟得上今日之现代诗。林白是个例外，她一出手，便在道上，事实是，她是在诗上出道成名后才去写的小说，与那些诗歌青年出身做成了小说家的不同。功成名就后重返诗歌，我相信林白会体会到一种久违的纯粹的欢喜。

发誓

罗官员

我家离医院很近
我常去那里玩
时间长了
我与个别的护士经常在一起
讲一些开心的事
每次我走出医院
朋友们给我取了个外号
名誉副院长
有人说我跟那护士有一腿
妻子听到了就问我
我向妻子发誓
如果有此事
我坐车会翻
第二天
我坐一个朋友的车
翻在一个小山沟里
幸好皮毛无损

伊沙点评：十天前，罗官员是陈衍强诗作《官员请客》的主人公；今天，他是本诗作者。这是《新世纪诗典》继叶子、莫渡之后发现的第三位真正的优秀的农民诗人。说老实话，本诗才是我个人真正喜欢的诗（为《新世纪诗典》我已经宽得很委屈自己了），好玩，开心，读这样的诗，你会觉得世界、人类、生活有意思，并热爱它们！

2016.10.14

让子弹飞

李文俊

出了西口子往北，有一座孤山
山下有一个刑场
有一年，曾追随大人们去过一次
像是去看戏
因为人山人海，又不让靠近
我踮着脚，左看右看
两个主角
还是模糊不清
唯独亡命牌上的红八叉
那么鲜亮

只听一声枪响，一个
应声倒下，另一个端着枪
似乎蒸发
人群一阵骚动，接着
又一阵沉寂
后来这里成了一座游乐园
有人在虚拟一个杀人场面
而我担心，一颗子弹
从屏幕上飞出来，击中
一个无辜的人

2016/5/18

伊沙点评：如果我没记错的话，本诗作者的微信被我删除过，观其微信，怎么看都不像个好诗人，转的都是比自己写得差并且不可能写好的诗人，最奇怪的是，风格与追求也跟自己并不一致——真是何苦呢？并非他一人，这是一种好生奇怪的现象。后来他再次求关，我便重又加上，才使这首好诗的获选成为可能。很高兴，又一位内蒙古诗人被推荐，《新世纪诗典》最差省区的帽子可以扔到太平洋里去了。

2016.10.15

跑步

赵俊杰

我跑到一个拐角时
突然闻到了
很浓的花香
再跑
花香慢慢消失了
为了再吸上一口花香
我又绕着体育场跑了一圈

2016/9/13

伊沙点评：今天的推荐比往常更庄严更隆重更激动更欢喜，是本诗作者感动了我震撼了我，他自2012年5月至今，通过邮箱和微信，总共41次向《新世纪诗典》投稿，终于叩开了这扇大门！这当然是一项纪录，这纪录记载着对《新世纪诗典》的无限信任！那么，我们一起看看，是一首怎样的诗，叩开了《新世纪诗典》的大门！在这四年零五个月中，诗人获得了怎样的进步与成长，只有我和他知道。信我者，得其所愿。

听墙根

赵献民

屋檐下
那窝麻雀

至今不知
我夜夜
听墙根儿

2016/9/25于许昌

伊沙点评：又是一位投稿狂人！本诗作者自今年3月13日开始，几乎每天都发我一首诗（属于投稿密度最大的），他本是写古体诗的，看了《新世纪诗典》第三季后开始写新诗——确实是新诗，新诗中的小诗，直到本诗才写成了现代诗。一写成现代诗，就不再是小诗了，现代诗中无小诗，越短则可能越大。

2016.10.17

终于到来的寂静

唐欣

斯大林元帅讲完话 会场里
沸腾了 同志们全都站了起来
爆发出雷鸣般的掌声 一分钟
两分钟 五分钟 还没有停下来
人们有节奏地鼓着掌 似乎在看
有谁胆敢 从这个游戏里退出来
手麻了 笑容僵住了 掌声持续着
难道就这样一直拍到天黑 直到
世界的末日 时间好像都终止了
雷鸣般的掌声还响着 但是 终于
最后的时刻到了 可能是有人
手指痉挛 慢了一下 就像是
拉下了开关 掌声立刻齐刷刷地
停住了 接下来 是死一样的寂静

2016/6

伊沙点评：本诗是7.7北京“磨铁读诗会”冠军作品。老唐夺冠，令人惊喜，因为并不容易。如果说唐诗有什么缺点，最大的缺点应该是，首与首之间的变化少，所以并不适合需要两次以上惊艳表现的现场竞赛，那一天，他愣是做到了，靠的是近期以来诗中的暗自加狠。事实是，“86大展”漏展的一位“第三代诗人”，在30年后，静悄悄登上了这一代的王座。至于诗坛欠此人的一切，今天我不再抱屈，因为有新的参透，明天告诉你们！

怀念外公

唐思飞

2016.10.18

中国这么大
东方宫那么多
我在北京吃过
在成都也吃过
但唯一记得的那碗面
是你得病后的清明节
在兰州金城公园旁边
你在家提前煎了鸡蛋带去面馆
放在我的面上
知道我不吃白煮蛋的人很少
以后就更少了

伊沙点评：昨天我说对老唐欣的命有新的参透，不再抱屈，因为他女儿唐思飞出手了！本诗尽显诗才，什么是好诗？一首好的口语诗究竟是怎样的？一看有无个体的自我，二看有无鲜活的细节——本诗被这两点占得满满的。放胆写下去吧！我看着长大的姑娘（其实就见过三面）。正如自杀的诗人低于中国人的自杀率，诗二代的比例其实也很低，这是不由人控制的福报，只有感谢老天爷！

2016.10.19

我在等谁

阿吾

我在等谁
我在这里已经等了半个小时
少数时间坐着
多数时间站着
表明我长久期待的心情
夹杂短暂的倦怠
这是一个丁字路口
两条大路交叉
有三个方向可以到达我的位置
起初我注视南方
望不到尽头的高楼大厦中间
车辆川流不息，行人摩肩接踵
接着我注视东方
车比人多
然后我注视西方
人比车多
我就这样南方、东方、西方的循环瞭望
多少车辆和行人
接近我，又远离我
没有人问我是不是他们要找的人
甚至没有人问我去哪里怎么走
这里还叫鱼洞
已不是我的那个鱼洞
最后我开始怀疑

我在等谁
我站在这里
或许就是为了站在这里
故乡罚我站在这里

2013/3/28于长沙

伊沙点评：说起阿吾这个名字，你会想到什么？想到哪些关联词？我敢肯定你不会第一个想到“北大”（他本科就读的学校），更不会想到“社科院”（他硕士就读的机构）、“《光明日报》”（他最初的单位）、“新西兰”（他曾旅居的国家）、“重庆”（他的出生地）；我敢肯定，如果你是内行人，你第一个想到的词只会是《相声专场》（他的名作）——还说什么呢？牛逼诗人当如是哉！我的成功观跟你们不一样，我觉得做诗人的成功当如是哉！其他都是浮云和扯淡！

旗手

梅花驿

在小岛宾馆房间内
看里约奥运会开幕式
运动员入场仪式
李勋阳说
下届奥运会
运动员入场时
让各个国家的总统
当自己国家的旗手
该有多爽
我在心里接了一句
到了那个时候
哪个国家还没有自己的总统
就意味着哪个国家
没有自己的旗手
也没有自己的旗帜
这是多么可怕的事情

2016/8/6于西宁

伊沙点评：在河南，几乎只有这一个诗人走正路，于是他成了孤独的“河南王”。本诗是其在青海诗会现场所作，优秀的口语诗人基本都是“带刀诗人”，不但现场能作诗，还能作出好诗，令中国古代诗人的“口占”传统完全复活于当代。本诗告诉你，中国口语诗人的幽默好玩不是只停留在纸面上的，他们就是这么活的，他们的生命状态，甚至比西方诗人还自由（矮油，戳到西方虚伪的软肋了）。

2016.10.22

谈论命运时要关好门

韩敬源

老年痴呆的父亲
清醒的时候
跟我聊天
总是忘不掉过去的事
他发出感叹——
这是命

我有点焦躁
表示不服
我说我相信命
但每个人的命
都是一小步一小步
由形状不一的
脚印垒出来的

我刚提高了一点
声音的分贝
风把我没有关好的门
咯吱一声
吹开

2016/7

伊沙点评：《当代诗经》再次印证，本诗作者大学时代创作的《儿时伙伴》完全是当代经典。诚如我一再讲过的，我无法培养诗人，但可以点燃天才——一个能在大学时代写出当代经典的当然是天才，从大一伊始就能够意识到我在课堂上的每一句话都值得记下来的当然是天才。我也一直在思考（包括反思自身），为什么有人会在学生时代（写作初期）就写出经典之作？回答是，因为那时候我们纯！以后的写作则要靠修为了，我相信作者打下的较为深厚的人文素养。对于本诗，我在青海诗会现场的点评是“高级”，意思是形而下的场景中蕴含着恰如其分的形而上意味。

2016.10.24

袜子塔

马菊芳

父亲走路一直摇摇晃晃
他说小时候没有合脚的鞋
趾甲扭曲脱落索性光了脚
多年后成了习惯
我们买了许多袜子
他尝试几次就放弃了
大嘴巴让他心疼
那年父亲离我们而去
还光着一双脚
柜子里袜子摞成塔

2016/6/3

伊沙点评： 又见《袜子塔》，因为此前《新世纪诗典》成功地推荐过西娃的《吃塔》。我喜欢《吃塔》的突兀怪异，也喜欢《袜子塔》的自然天成。本诗是《新世纪诗典》韩国诗会订货作品，看到一些“会虫会王”们在奔命赶会中，把自己诗的主体交付给三流旅游诗，我不由得问一句，同样是开会，为什么开《新世纪诗典》的会，诗人们会自上一台阶？马菊芳的诗中有一种难得的朴素，那一定出自她的生活态度。

2016.10.25

老腊肉

庞琼珍

四川老家
房梁上
挂着一刀
老腊肉
大哥做农活
手被戳了个洞
割一小块腊肉
塞了进去
没几天
伤口长好

伊沙点评： 9.3北京“磨铁读诗会”，庞琼珍从天津赶来，并未订上货。9.23《新世纪诗典》2000首之夜长安泡馍宴上，掰馍时朱剑忽然说起本诗并口述了内容，我说好，让她发来看文本，一看果然好，便决定推荐。《新世纪诗典》之所以选得好，就是把一切简单化，该怎么办就怎么办，好就推，不好就放过，不管你是谁。《新世纪诗典》只负责推好诗，不负责保送人。本诗写出了一种隐秘的生活知识，这也是只有口语诗可以传达的。

2016.10.26

我真心爱过一个人，叫：

从容

你好吗？
还在吃面条吗？
我已在世界上的一个岛屿降落

你突然从背后喊我的名字

你出现了
在任何一条大街上
背着背包，出示你的车票
那是一张通向空中的车票，
我是检票员。
你犹豫着说，“跟我走吗？”
像一只大象
愚蠢又顽固

想起曾对你说：不要把我弄丢了。
你点燃若有若无的香遮住了微笑
你能解释吗？

你举起一面镜子
包上头巾说：
留心当下，一切完美又完整
我说：
你很安静

还要闷在浴室镜子背后
多少年

在鸭川长途客车上写下这首诗
我想给你做一百种面条

伊沙点评： 如今抒情诗的现状是，泛抒情诗泛滥，纯抒情诗稀缺——为什么？因为纯抒情诗成本很高，一要有真正的抒情才华，二要有真情可以直抒——事实上，海子好的那一部分就是这么摧垮了第三代中大部分现代主义的假把式。就我目力所及，在目前的诗人中，从容在纯抒情诗上表现得尤为突出，她的特点就是不计成本和代价，感动甚至撼动人心。

名字

蛮蛮

曾经有这样一群女孩子
邻居家姑姑——藏藏
小学二年级同桌——躲躲
五年级同桌——闪闪
侄女——蒙蒙
我——瞒瞒
看着自己修改后的名字：
苍苍
朵朵
姗姗
萌萌
蛮蛮
内心感到某种隐秘的欢愉
与明亮的美好
只有闪闪的妹妹——改改
没有找到中意的字
讨厌死了新华字典

2016/5

伊沙点评：本诗是长安诗歌节中秋诗会校园诗人奖获奖作品。它表现出作者对汉字的敏感和内心的诗意。什么是诗人？就是比芸芸众生活得更有诗意的人，并非只是懂得一点文字的小伎俩。在中国，大部分诗人是由小文人冒充的，他们的生命毫无诗意。有诗意，就是蛮蛮的优势，于目前在校就读的学生诗人中，她表现得尤为突出。

现在有人问起，我只呵呵一笑

孙成龙

2016.10.28

知道我
写诗
还小有名气
很多人都曾
问过我
你这么大的
大诗人
写一月
能挣多少啊
我如实回答
弄得好
三五千
一年
他们往往满脸
不屑
就这点钱
你娃还写什么
狗屁诗歌

伊沙点评：本诗又会令不知口语诗为何物的白痴们莫名惊诧：就这么简单吗？我的回答是：就这么不简单。他们说的简单是指在文字上做工，不够繁复嘛！我说的不简单是如此豁达地对待生活并且觉悟到这是诗！攻击口语诗者，往往是生活与诗歌的双重白痴。本诗作者是85后，比我想象的年轻。

2016.10.29

槐树

刘季

那些年
槐花香的时候
也是最饥饿的时候
她推着二八永久
假装掉链子
等我过来
她从黑皮包里掏出一个熟鸡蛋或半个饼
小声对我说趁热吃了去上学
她是我城里的姑姑
父亲的相好

伊沙点评：我也在反思，我何以变成中国现代诗的乐天派？别忘了，我是“初唐说”的创建者。答案在每天《新世纪诗典》的推荐，今天尤其如此，本诗是从自由来稿中淘出来的，在刚才之前我对作者的情况一无所知。但是你看，本诗是什么水平？短短十行，人生百态，人情世故，气象万千！它是中国的、当代的、人性的、世界的！它可以秒杀多少大名鼎鼎者的所谓“代表作”，新诗百年，应该研讨这样的诗，而不是地底下棺材板的朽木！

2016.10.30

哈哈大笑

李景云属

计件的
折盒工老刘
突然
像一条
直立的
狗
一样窜了出去

拉链解到一半
他慢慢像
一条
受了委屈
的狗
一样倒在地上

听萧山第三医院的医生说
憋尿太狠
膀胱炸了
我和他们的
第一反应是
哈哈
大笑

伊沙点评：初读本诗，我第一反应竟然是：不会被某些《新世纪诗典》诗人（真还不是一般读者）解读成幸灾乐祸人性恶吧？是的，某些《新世纪诗典》诗人在解读作品时冒出机械解读的书呆子气，你们写诗是说人话的，评诗怎么就不说人话了？所以，我有必要提醒你们，本诗用的是反语。还有必要告诉大家的是，这首诗是一位80后作者的处子作，它来自诗人梅花驿的助攻。

举报

平林新月

一位姓陈的村支书
获荣誉称号无数
而他最看重的“计生工作先进者”
却被村民的一封举报信
化为乌有
那封举报信上写着：
他严重超生
共生育五个小孩
三个女孩
两个男孩
与媳妇生了三个女孩
与二奶生了一个男孩
另一个来路不明
怀疑为三奶所生
在举报信的落款处
赫然署上：
一个年过六十岁的
光棍汉
和一个大义灭亲的
勇敢者

伊沙点评：多么开心的阅读！中国当代的人间喜剧！试想，如果没有口语诗，中国现代诗的当代性将不存在，没有当代性，现代性便是伪的。有人又会强词夺理，别的诗也可以写现实，我只依稀记得某种风格的新诗特别善于写假大空的伪现实，而杂语诗写的现实从来都是二手三手的，绝无原汁原味。归根结底，中国现代诗写现实的问题是被口语诗最终解决的，你们一哭二闹三上吊也没用。

保持硬度

严力

昨晚入睡后
有人在我思想的冰面上滑冰
刚开始摔跤的人
后来都越滑越顺畅
这些笑容灿烂的人
不知道还想灿烂多久
而我情不自禁地
把睡姿缩成一团
以保持冰面的硬度

2016/1

伊沙点评： 严力是一面镜子：他的18.0，来自他五年七个月以来超过18次的投稿，每个轮次都未选空。严力绝不是爱投稿的人，除了《新世纪诗典》，我相信绝没有第二家，这是一种莫大的看重与信任！严力出生于1954年，属于《今天》派那代人，这是他的年龄与资历。他还是《还给我》的作者，手握真正的当代名作，是有名作的名副其实的名诗人。严力是一面镜子，摆放在你们面前，请仔细看看镜子里的你们！

羊眼

西娃

很久了
他发现自己的眼睛
混沌，所见的事物
也越来越暗

在鄂尔多斯的餐桌上
他吞下一只巨大的羊眼
他渴望这只羊眼能替代自己的眼睛
看见永远的星空
草原，和因自己失眠而远离的
羊类的温和与宁静

从此，他却无所事事
流泪不止

2016/8/1

伊沙点评：西娃在长安诗歌节鄂尔多斯专场、《新世纪诗典》韩国诗会各有一首订货，我觉得不够好，不能够代表现在的她，就拖着没推，并将这个信息释放给她，造成了她前一段时间的埋头猛写，于是便有了本诗。本诗告诉你，她命中该火，实力使然，性格皮实，前程似锦。

在柏林看到“中国工商银行”几个字想念我的汉语

春树

以前真不知道
看到许久没见的汉语
就像他乡遇故知
又像久旱逢甘霖
在柏林坐公共汽车
路过广场
先是看到ICBC
又看到“中国工商银行”几个字
我竟然激动万分
在心里已经喊出来：
“爱存不存！”

2016/5/30

伊沙点评：知天命之年，似乎也知道了他人的天命，譬如说，春树到德国是去干吗的？肯定不仅仅结婚生孩子去的。君不见，她所有的出手，都在侨民文学从未到达的远度，说穿了就是她带去的中文口语诗先进使然。有很多诗人，自己的作品貌似很完美，但对诗歌的发展从来做不出贡献，春树正相反，其作并不完美，但贡献不断，这就是先锋。

金中都遗址公园中国好诗第二季发布会上沈浩波如是说

安琪

说实话
对你所谓的云南昭通包括
山东临沂诗群的这帮诗人
主要以某某某为首的包括某某
某某某
的乡土抒情
我很不以为然
这种没事就要在诗里哭一场的写作
把他们放在生活中他们真的会哭吗
刻意让读者感动的诗是低级的诗
诗就要写现场
写赤裸的当下
有一些人在北京生活几十年了
一写诗就回到他家乡那条小河
这样的写作是没有现代性的写作
是腐朽的写作

我把
沈浩波这段话搬到微信后
众人探讨最多的不是
沈浩波观点对否而是
谁是某某某

2016/7/16于北京

伊沙点评：我也算老江湖了吧？据我所察，本诗中沈浩波的这番话，其道理在中国诗坛有一万个人会懂得，其现象有一千个人会看到，其发言有一百人会在私底下发，但敢于公开指出的只剩下十个人，敢于到人家首发式上去说的只剩下一个人——沈浩波！这就是沈可敬可爱之处！这就是沈于中国诗歌不可或缺之处！安琪将其十分准确地记录下来，并能想到写成诗，就是一首有态度、有立场、很犀利的好诗，诗的光荣尽归安琪所有！

第八辑　黑暗像巨大的铁锤

在黎明前的冷风中狂奔
黑暗像巨大的铁锤
砸
下
来
无人生还的高原之夜，我们失去名字
来不及穿上溅到天边的那抹光

——摆丢

2016.11.5

女厕所的修理工

易小倩

他在女厕所门口
喊了好几声
里面有人吗
没人回答
他走了进去
我在隔壁水房
听到哗啦啦的尿声
过了一会儿
尿声停了
然后他开始
丁丁当当修理水管

伊沙点评：本诗是9.3“磨铁读诗会”殿军作品，殿军无奖品，但我不会忘记。易小倩就是天生的诗感好，诗感好无敌。语感不等于诗感，诗感包含着对事实的诗意的分寸把握，这个事实里到底有无诗意？我写到哪一分就是有了，我写到哪一分就是未达，我写到哪一分就是过了——这是一种天生的感觉，没有的话，一辈子总是做得不合适。某90后诗人感谢《新世纪诗典》发现了众多90后，与以往历代诗人一致，初见群体轮廓的90后，又分成了官方阵容与先锋阵容——《新世纪诗典》无疑是后者的大本营，易小倩无疑是后者中的女大将。

清晨

起子

她站在我的车旁
在我准备开车的时候
求我载她去上班
但她看起来已经老得
无法在任何地方上班了
她反复叫我
另一个人的姓名
在我多次解释无果之后
我确定她是一个
老年痴呆症患者
然后我看到她
手上提着的塑料袋
里面是一盒豆腐
和一把青菜
我突然意识到
她出门去买菜时
还是清醒的

2016/8/27 改

伊沙点评： 我记不清了，五年半的《新世纪诗典》中是否曾出现过老年痴呆症这个题材，要有也是极少的、个别的。所以读到本诗很兴奋——我当然要为“写什么”负责，《新世纪诗典》是我的编著，我自然要为全书的构成负责。本诗不但涉及这个题材，并且写得好，口语诗人写一个东西，往往不会概念化，你看，一首诗可以告诉你老年痴呆症的知识：患病者是时而清醒时而糊涂的——并让这个特点构成了全诗的戏剧性张力。

出租车司机

康蚂

两年前在武汉
我被黑中巴
扔在去往木兰天池的路上

十年前在包头
我被黑摩的
强行多要了二十块钱

十八年前在天津
我背着沉重的行李
被数名的哥拒载

这次去江油
出租车司机
将我拉到李白纪念馆
只收了十块钱

下车前司机说：
走五十米就到
李白在那儿等你

2016

伊沙点评：今天推荐前我看了一下蒋涛、杨艳统计整理的《新世纪诗典》总战绩表——全球中文诗歌实力榜，如果将其中少数民族诗人单独拉出来排名，第一是彝族诗人吉狄马加，第二便是本诗作者——蒙古族诗人康蚂，更了不起的是，他们各自的母语都不是汉语。两相比较，康蚂的道路更宜提倡，就是不写那些符号化的民族特色，一头扎进现代诗的核心，就像本诗，汉诗的诗魂就是我的诗魂——大中华的诗魂！

地球的瞬间生活

刘一君

每一个父亲都皱纹深陷
儿子们却鲜嫩欲滴
这是任意时刻造访的外星人
看到地球生活的每一幅截面

2016/10/4

伊沙点评：刘一君是中国诗人中电影导演的位子坐得最定的人，他70后的年纪，已经手握20部电影作品，在国内外均获过奖；他也是中国电影导演中诗人身份最确立的人，世纪初的论坛时代已经有了诗名。本诗完全是一首导演的诗，充满了镜头感。

2016.11.9

宾夕法尼亚出产

洪君植

宾夕法尼亚州
州兽是白尾鹿
州饮料是牛奶
州鸟是披肩鸡
州犬是大丹狗
州鱼是溪鳟鱼
州花是山月桂
州虫是萤火虫
州树是铁杉
州歌是宾夕法尼亚
州府是哈里斯堡
异邦人是从纽约到
派恩格罗夫的东方佬
洪君植
此刻正与1681年创建宾州的
英国贵族
威廉 · 佩思的父亲
对饮

伊沙点评： 时间与历史证明，在任何时段贬低“盘峰论争”价值者都是外行蠢货，君不见，到今天，诗歌内部的对峙依然是那次争论的放大；君不见，当年争论的话题在新诗百年又重现了一遍。敢于反思己方观点之谬误者，除了我，还有人乎？譬如，民间写作一方称，诗歌不是知识——错！拿本诗来说，诗歌可以是知识，但这个知识得有趣味、有诗意、很好玩才行，这个知识必须是有诗意的人摘取的。

一幅画

冰峰

2016.11.10

我的朋友
送了我一张假画
假画挂在墙上
让人浮想联翩

昨天
外地来了一位朋友
让我帮他买一幅名人的画
吃饭的时候
他指着墙上的画说
就要这位画家的吧

我找到了这位画家
向他买了
与假画一样的画

晚上朋友来了
他看了一眼手中的画
却说，这幅新画你留着
我要墙上挂的这幅吧
我赶紧说
墙上那幅是假的

朋友二话不说

把墙上的画卷了起来

放下一沓钱

神秘一笑就走了

伊沙点评：对于口语诗，冰峰上手快，他在脑里还有许多浆糊的情况下，手已经很到位了，沈浩波在现场的点评很精辟：他深谙世事，懂得人情世故。是的，写口语诗，须生活中人，书呆子不行。口语诗天然地属于文学，非口语诗时而趋哲学，时而语言学，但吊诡的是：后者反倒更合法似的。

2016.11.11

在童年

刘德稳

有一次，我从锅灶里取出几块
烧过的猪骨头
它们一碰就碎，散成一堆白灰
还有一次，我把一块山羊的骨头
埋进院里的花坛里
第二年，我再挖开的时候
蔷薇的根，已经钻入骨头的裂缝中

伊沙点评：刘德稳是韩敬源的学生（为什么不是李勋阳的呢？），那我就是他的亲师爷了——我希望如此这般的诗人谱系在中国现代诗的生态中盘根错节生生不息，那不仅是诗歌的希望，还会是文化、国家、民族的希望。我把这句话撂给全中国的教师，首先撂给自己拥有诗人身份的教师们：硕士、博士、洋博士常有，诗人不常有，有本事给我培养个诗人瞧瞧！

2016.11.12

母亲是块责任田

张喆

王大娘养了四个儿子
老时无依
四个儿子儿媳吵来吵去
最后拍板定论抓阄
一致定论了：
头痛脑热的毛病归老大家负责
胳膊腿出了问题归老二家负责
胃痛胸口痛归老三家负责
胸部腹下隐私部分归老四家负责
阄抓完毕
儿子儿媳个个叫好通过

伊沙点评：本诗的写作堪称“低开高走”——至少我的阅读感受如此。“母亲是块责任田”这个比喻太平常了，“责任田”这个词有点太陈旧了，但作者一路走下去，却是步步惊心，句句动魄，抵达“胸部腹下隐私部分归老四家负责”这句时，我已经出冷汗了！真狠！狠乃好诗人必备素质，“温柔敦厚”于诗是个坏词。

一袋米

能水

2016.11.13

我们县高产大米
县上孩子外县读书
兴以大米
抵伙食

那天我在宿舍
跟同学，玩纸麻将
父亲弄来一袋米
搭便车到学校
我正说手里的牌
怎么看不清
转头发现父亲的身影
把宿舍门口遮黑一半

“你出来！”
我跟父亲扛米到饭堂
过秤，又去总务处
兑换了饭票
父亲再未说话
像足足二百斤
沉默的白米

2016/9/29

伊沙点评：本诗作者每次投稿都要标记一下，这是第几次投稿——当他标到第16次时，选出了本诗。这个过程持续了将近八个月。在过去的八个月里，我见证了一位年轻的锻工，用大锤一次次抡向钢板，最终将钢板击穿，靠的不是更大的力量，而是一点点尖锐！《新世纪诗典》就是这样，既是钢板一块，又是陪你成长！

2016.11.14

和一艘旧船对视

易巧军

整个下午
我都和江边
这艘搁浅的
已废弃的旧船
保持对视

尽管江水
淹没了它大半个身躯
仍有两只白鹭
肩并肩站立在船首

我忍不住多看了几眼
不为别的
只为这么冷冰冰、毫无温度的
东西，临死的时候
成为了爱情的栖息地

伊沙点评： 本诗作者是个90后，之前他三次投稿均未选出，第四次是在《新世纪诗典》诗人沙凯歌的助攻下，一举成功——当然，这与谁助攻没关系，助攻不助攻也没关系，只与本诗有关系。初读时我一看诗题《和一艘旧船对视》就知道有了，因为诗题道出了事实的诗意：一个人和一艘旧船对视。下面就看写出了什么，虽未有特大惊喜，但也完成得中规中矩，作为新人，该当入选。

2016.11.15

世界安静得如同一只报废的钟表

崔可兮

翻身
一只耳朵掉到枕头上

自然我不会睁开眼

我知道在我没有给他准备好一个妈的
时候

我的儿子不会来敲我的门

伊沙点评： 本诗作者是出生于内蒙古的蒙古族，现居广东佛山，因此本诗的入选既是内蒙古和蒙古族的光荣，又是广东的光荣——前者在新诗典的版图上已经摆脱弱势，后者依然稳居第三，广东地富养人诗受益，新移民强化了该省的文化。本诗显然是受到了达利画作的影响，又有个人的发挥，它提醒我们，口语诗可以超现实。

2016.11.16

所有木头都开口了

湘莲子

儿子惊奇地说母亲
挺潮的
还懂买美国大兵的手电筒
母亲无奈
指着满屋子的家具对儿子说
是贼们留下的
你没发现家里所有的木头都开了口
桌子
凳子
柜子
床
儿子仔细看了看
门
窗
房梁
都有刀痕
母亲说
那些贼人
到处找黄花梨
连你阿婆陪嫁的马桶都开口了

这么好的房子
我们就住这么几天

喜了贼

可以住三百五十天

连电费都是他们用剩的

2016/10/26

伊沙点评：我带着并未完全消化本诗的疑虑推荐本诗（因其内容还是精彩的）。我怀疑这是作者做的一个梦，写的时候却又不标明是梦，就这么写了，任由读者去读，作者还以为这是所谓“超现实”——如果是这样的话，我就会大为失望，因为作者的这种创作态度对那些连每个字词都要掰碎的细读者是不负责任的，中国诗人写作的道德感很低，大概也只有本主持会计较这些，总之，《新世纪诗典》推荐的诗不能有丝毫蒙的嫌疑。

现场直播

李岩

一大早就听见那边发出死寂的声音
打了十几个电话
都好像打给死人的
就一个僵尸哼哼呀呀说
“管好自己就行了”

只有一个经过坟场捡垃圾的
还在活蹦乱跳

2016/5/4

伊沙点评：非口语出身的诗人，尤其受过朦胧诗影响者，诗歌的清晰度就要差一截，本诗中的“那边”“坟场”指的是什么？“死人”“僵尸”是实指还是隐喻？我都没有完全搞清楚，之所以推荐，是因为能够说出“管好自己就行了”的人也只能是行尸走肉了——那一句引起了我的共鸣。话说回来，我这么读诗在中国一点问题没有，但是，在诗神面前呢？我深怀疑虑。

十月二十九日凌晨五点在滇西推开窗户看到一棵柿子树和一棵梨子树

摆丢

在黎明前的冷风中狂奔
黑暗像巨大的铁锤
砸
下
来
无人生还的高原之夜，我们失去名字
来不及穿上溅到天边的那抹光

2016/10/29凌晨丽江

伊沙点评：摆丢“平”了一段时间了，他自己肯定也知道——我为什么敢这样说？因为对口语诗人来说（非口语诗人连这个意识都没有），自己一“平”，心里就不踏实，一不踏实就拼命在文字上做工……我都看在眼里，我对他说，换题材试试，话音未落，他已经将题材换成他现在去的滇西，果然就出了好诗，还是一首好的意象诗（我所谓“意象诗”以庞德为正宗，不是什么“朦胧诗”“后朦胧”）。

2016.11.19

广场舞

游若昕

一位小姐
和一位大叔吵架
大叔说
我一次能把十个人
叫来
你听好了
老实点
小姐大叫
了不起哟
边说边跳起了
广场舞
踢踏踢踏
踢踏踢踏
一大堆人
也
踢踏踢踏
踢踏踢踏
跳起了舞

2016/8/3

伊沙点评：前面推荐的三位诗人，我认为其中至少有两位的阅读障碍应该由作者自己负责，从《新世纪诗典》大计出发，这样的阅读障碍真的不能连续出现，今天好了，请我们十岁的小诗星把我们带回到没有写作障碍的单纯的阅读快乐中去吧，她写广场舞，她的文字都是律动的，她是中国最无争议的小诗星。

在十字路口

游连斌

一辆警车
闯红灯
呼啸
而过

一群车
停在斑马线前
如一群狼
等待扑出

一团白雾
在路口上空
楼群之间
缓缓移动

2016/10/12

伊沙点评：昨天我说游若昕是中国最无争议的小诗星，大家想想，在游若昕出现之前，中国的小诗星从来没有得到过成人同行真正的尊重，她的“最无争议”还要感谢她的父亲游连斌、她的母亲吾桐紫——他们都是诗人，都是《新世纪诗典》诗人，他们都没有自己的女儿写得好，他们写不了他们女儿的诗，他们堵住了逢小诗星就想到“代笔”二字的坏人们的嘴。今天我推荐游连斌的诗，似乎又一次证明了，天才她爹是凡人。

和婴儿说话的人

张执浩

和婴儿说话的人背对我
坐在小花园的条凳上
我以为她在自言自语
走近了才看见她怀抱里的女婴
这是雨后清明的一天
新鲜的树叶在微风中颤栗
我所热爱的世界已经很小了
现在缩成了一个怀抱
我在怀抱外无限眷念地望着
我在怀抱里“呀呀咿咿”

伊沙点评：我以为看一位选家的斤两，第一要看其在未名者中发现人才的能力，第二要看其替名家发现新名作的能力，张执浩之于本人，当属后一种情况。五年前，《新世纪诗典（第一季）》推荐他的《终结者》的时候，创作于十一年前的那首诗还没有多大名气，今年我筛选《当代诗经》再次选中它时，它已是张执浩新世纪以来的第一代表作了，这让我对自己的选更有底气。我预感本诗也很有流传的可能，请大家注意，抒情诗人也在变。

失败里有美好

路也

2016.11.22

失败里有美好
雨终于从乌云坠落到大地上

失败里有美好
火车脱轨，减速，停下，再也无须追赶时代

在失败里低下头去，签名认领一枚
把我炸得血肉横飞的炸弹

在失败里弯下腰去，不小心跟大地押韵
拾穗的穷人既不上诉也不呼喊

在失败里蹲下身去，丛林颤栗
食物链末端的小动物把碎牙齿咽回肚子

往事归零，记忆清空，岁月格式化
除了一身轻松的风，失败者什么都没有

丢了江山社稷，一条道走到了黑
寻不见曾并肩同行的人

按原路返回，独自路不拾遗地往回走
把长长的来路辨认

诀别被追尾的爱情，诀别打了折扣的江山
拐过一个弯，看见地平线

失败里有美好，它拉着我的手，领我回家
回到出发的地方

在失败里安居下来，夜不闭户，篱笆挡住秋风
在命运角落里，有破破烂烂的温暖

失败就是获救
在天花板上摆放太阳、月亮和星辰

失败把孤寂喂养得盛大
时间繁茂，空气生出苔藓

失败说方言，失败慈悲，失败是不动产
失败的沉静里有史前遗址的深邃

谢天谢地，我终于败下阵来
节节溃败地退回到了亲爱的老家

失败里有美好，天快要黑了
我面朝一条大河，坐在了小山冈上

2015/7

伊沙点评：久违了，路也。读其新作，感觉依然是她。路也之诗，总让我感到像一把双刃剑，把小诗当大诗写，有时又感到有点大炮打蚊子；小我里有大我，有时又感到有些集体无意识；表达十分通透，有时又感到太过周延；还有一点，我想象她的欣赏者里老头居多——这绝非好事。本诗让我有共鸣感，在对失败的认识上。

2016.11.23

呓语

小麦

一把钥匙
吊死了，在公园的树上
闪着北方的光

2016/10/16

伊沙点评：小麦行得太慢，行得慢必有其因，前阵子我看其狂转一个破坛子意识编选的诗集，其中多有有毒的反动腐朽诗，我知其心有旁骛并不笃定。我所了解的陇军是这样的：他们中间已经有人比官方钦定的“甘肃八骏”写得好了，但是他们还是对那八匹破马服得要死。我早说过了，现代诗如果不包含人的现代化改造，必成浮云。本诗偶得，何时常有？

伤晨

庞华

窗外的树
被使劲摇着
就像一个小孩子
被一个暴怒的大人
抓住双臂
发疯摇着

2016/9/30

伊沙点评：本诗的构成十分简单，一个比喻，还是并不高级的明喻——它能否构成一首诗呢？学院派——不，中国哪里有学院派——书呆子一定认为不能，我说不一定，要看具体诗，要看这个比喻用出来的效果如何，于是我看到了一个撼人的效果，我相信中国人对这个比喻会更有共鸣感，因为中国人打孩子是天经地义的。

2016.11.25

古宁头的夜晚

吴少东

此时，132平方公里的岩石
沉浸在不可击穿的黑色里
像某年秋夜的海水一样黑
像书写某段历史的墨汁一样黑

红色的凤凰木花在风中战栗
繁星，像漫天的弹孔

注：古宁头，金门地名，1949年10月下旬，国共双方曾在此鏖战。

伊沙点评：我们不能一写到海峡两岸，就老停留在乡愁，那是一场民族的悲剧，是历史上黑暗的一页，是我们内心深处永远的痛——这是我欣赏本诗的原因，但是在诗艺上，我感觉有点老套了，作者需要在今后的写作中刷新诗艺。

2016.11.26

敲门声

紫月亮

看着儿子啃完干妈送的羊排
满足地去睡了
今夜
我也决定早睡
想想床都是幸福的
只想美美地做个春天的梦

咚咚咚 敲门声
家人都是指纹进出的
谁敲门
最近还真遇到了一些诡异的事
不能说
此时有些紧张

结果三小时以后我也没睡
天都快亮了
因为一个酒鬼
敲错了门

伊沙点评：一位来自西子湖畔的美丽性感的女诗人进了我的微信朋友圈，她人比诗炫，诗是新诗，我建议她跟读《新世纪诗典》推荐诗，她改变得比我想象得快多了……其实，领悟好诗，不需要通过概念、观念和理论，对有悟性的人来说，你只需要告诉她（他），好诗是这个样子的。我希望对紫月亮来说，本诗只是个开始，我期待她的诗比她的人炫的一天早日到来。

真不要脸

释三郎

从未有过的这般难过
流泪不止
那年的那天
姐姐的出嫁日
我躲在母亲的房间
当着老舅的面
二十二岁的大小伙
失控了
哭声古怪
面容难堪

至今
这件事只有
天知地知
舅知我知

直到
会有一天
姐姐读到这首诗
说了一句“真不要脸”

2016/8

伊沙点评：多好！我们的生活与情感有多少无法表达的成分，如果中国的诗歌没有发展到后口语，它就参与不了这样“无法表达的表达”，现在好了，我们可以比小说都表达得方便与微妙！本诗作者诗龄才一年就能写出如此杰作，不是投给《新世纪诗典》而是别的，就被扣押了，问题是其他编者也看不出是杰作。

2016.11.28

年祸

张保真

必须过一次年，必须过一次年
河滩荆条丛，一边牺牲小草
从牛嘴里挣工分，一边，我在妄发痴想

晓风送来清凉，也送来可怕，最后又送来惊喜
河洼隐秘处，两人扭打成一团
“给他就要给我！”比这恶狠狠的声音
更可怕的是，那双绞住脖颈的铁钳
任身体扭成蛇，无奈失了七寸
但犹见，被宰鸡之勇，不死都要作反抗
对，是反抗，不是挣扎

那天担架抬回小丽，我们围到树下
蓬发盖住面庞。社员纷纷叹息：太不爱惜
他们是没看到这一幕，这一幕
任谁都不能否认：多么热爱生命
当她摸清楚对方底线
能走的只有两条路，她选择了屈辱
一动不动，任由剥开棒子

其实，直到这时我才看到那个女人的脸
我一阵窃喜，我要英雄救美
“来人呀！”绵羊的声音居然吓跑狼

她匆匆穿上衣服。一低头，从我身边就要走过
我大失所望。只得主动索要好处
她在跑开之前，抛给我一句：臭不要脸
我这才回过神来：我说的多像那个男人的那句话
这一定让她非常绝望：摆脱不掉、没完没了

在她的墓地，每一次忏悔，我都会辩白
姐，我只是一个十四岁的孩子
只是贪馋，只是想吃你们家的白面馒头
全生产队只有你们家天天像过年
我，并没有别的想法

2016/11/10

伊沙点评：完全忠实于个人好恶就等于好选家吗？不一定，甚至于肯定不是！假如是个窄人，他的个人好恶很可能等同于他自己的风格——这就是“盘峰论争”之后，我跟一些老民间合作并不愉快的原因。拿本诗来说，我个人避免写这种半长不短的句子，但别人写得好，我能看出来、选出来、推荐出来。所以，一个好选家，一定要比自己的风格宽，但又不是宽得失去了分辨力。本诗的驳杂和恍惚感，就其内容来说，都是好的。60后真是一座大富矿，不知还有多少金子没挖出来。

2016.11.29

选举

北非

邻居老王家有条狗
平时爱汪汪乱叫
一次，小区换届选举业委会
老王打死都不去
两口子守着客厅看电视
会上大家争红了脖子
直到散会
才发现老王的狗
一直蹲在桌边
默不作声

2016/11/1

伊沙点评：本诗是《新世纪诗典》推荐的第三首《选举》，大家对这个题材比较敏感有话要说，且各有各的好。本诗好就好在它不是构思出来的——口语诗的好正在于它的不可构思性，有些骂口语诗的人境界太低了，根本打不着，就好比是在骂天然的东西匠心不够。同在一省，我却对本诗作者一无所知，又一次提醒我，《新世纪诗典》存在的必要性。

那把木梳子断了

汉仔

那些年月，叔公一声咳嗽
鸡犬帮腔，天就亮了
我们这些同住在古老四合院里的几户人家，已习惯了
在凌晨听到叔公的咳嗽声才肯
睁开惺忪的睡眼
叔公死了后，鸡鸣狗叫依旧
可没了铿锵的呼唤
夜就漫长了些
院子里的小辈们常常睡过了头
婶婆九十高龄，瘫在床上三年了
她银丝凌乱，显得神志不清
今天我回老家看她，她不认得
眼前这个她帮着拉扯大的我
暗淡的灯下，迷糊中她絮絮叨叨
——死鬼昨晚回来给我梳头了
那把木梳子断了
那把木梳子断了

伊沙点评： 今天恰逢选稿日，看了一肚子诗，感触比较多，有些诗人，诗龄不低，甚至是老江湖，不思进取，境界那么低下，在每首诗里都要跳出来干预生活，发表自己对生活的粗浅而幼稚的一点感怀……这类诗人大都属于杂语诗人，杂语诗人喜欢夹叙夹议搞杂糅，搞得不伦不类四不像。反倒是“新人”如本诗作者，很有境界，十分老辣，让生活自呈，让生活成为我的“这一个”的生活。

习惯

汪白

有人杀猪
只挖眼珠 让猪痛死
有人杀猪
只杀屁股 让猪喊死
有人杀猪
只捅心窝 让猪憋死
有人杀猪
只抹脖子 让猪气死
有人杀猪
只煽猪蛋 让猪羞死
有人杀猪
起刀不落 把猪玩死
每天 人享受这些
猪都习惯了

伊沙点评：在10月下旬的一场长安诗歌节上，诗人、导演刘一君作为嘉宾，在朗诵完自己的诗作后问：我可不可以朗诵一位朋友的诗，一位死去的诗人朋友的诗？我们说：可以。他便字正腔圆地读了，读的便是诗人汪白的诗，本诗被当场订货。于是，汪白在死后参加了长安诗歌节并登陆《新世纪诗典》。

怀抱人形的树

三四

它也站成一位壮汉
在冬天
靠近供暖管道

2016.12.2

伊沙点评：本诗作者出席过磨铁读诗会，现场没有订上货，并不气馁，接着投稿，这不就有了。我喜欢有诗心、有诚心、有耐心的作者，不喜欢那些行走江湖投靠码头的，《新世纪诗典》不欠任何人的，就诗论诗，谁都休想给我任何压力……在中国，我认准了一条：把复杂的事情简单化本质化，就一定能做好，《新世纪诗典》也就是这么做成的。

不见不散

欧阳子鉴

别人的四十岁
能在一个雨天
开着豪车从我身边经过
溅我一身泥

我的四十岁
还有二十年

二十年后
我也要开着豪车
回到二十年前
在一个雨天
溅自己一身泥

2016/7/2

伊沙点评：也许是我最近一个半月在写电影剧本的缘故，初读本诗我心中涌起的第一念竟是：好镜头！好旁白！我相信作者若是写小说也会很有感觉，现代小说就该用这种意识与笔法来写。其实，拟电影、拟小说都是后现代主义诗歌题中应有之义，相通点正在于我所谓“事实的诗意”——此一创见解决了诗学大问题，恨我者我真是又欠了尔等八百吊钱了！

2016.12.4

握手

风雅颂

他叫老张
自从工作以来
就没有跟人握过手

他叫小张
有了这份工作以后
也不准备再跟人握手

老张临退休前
两个火化工
终于握了一下手

2016/11/17

伊沙点评： 本诗写得独，也写得毒！非常好！依稀记得根据金仁顺小说改编的电影《绿茶》中也有类似的精彩细节，但整部电影被导演张元给拍花了拍飘了，这种好反而被淹没掉了。感觉本诗作者在对口语诗的认识上还不够坚决、把握上还没有完全到位，一旦做到了这些，应该是比较厉害的主儿。

第九辑　他就是我的敌人

子不语怪力乱神

那些怪异的，剽悍的，身体的，反抗的，神秘的，瑰丽的

都被他删掉了吧?

如果真是这样

那他就是我的敌人，是刽子手和混蛋

——沈浩波

2016.12.5

小孩

管管

红小孩、绿小孩、黄小孩、蓝小孩、白小孩
紫小孩、黑小孩、灰小孩和粉小孩，
装在一篮子里的小小孩。战争剩下的小小
孩！
便宜卖的小小孩！将军不要的小小孩！政客
不要的小小孩！
死了妈妈的小小孩，死了爸爸的小小孩，
阿富汗的小小孩，伊拉克的小小孩，
国共内战的小小孩，纳粹集中营的小小孩
那些 这些 从枪管里爬出来的小小孩呀！
都是一颗炸弹小小孩
你们 你们 你们还给我们的母亲！

伊沙点评：管管一定是《新世纪诗典》近期最大牌的“新人”，内行人要问，偏爱管管如我者，何以如此之晚地推荐他？唯一的原因，就是我搞不清他的哪些诗写于新世纪。内行人当知，对管管具有创见的评点无不出自于我：台湾第一个后现代主义诗人，现在看来，是唯一的一个。这位老顽童都玩到87岁了，他真是中国的奇葩（拜台湾所赐）；如此老顽童，也许成不了大师，但绝不会当小丑。

秋风的发型师

胡锵

2016.12.6

一直在空中跟踪着我
随时空中作业
即兴变换着我的发型
有时是一头雄狮
有时是一树垂柳
有时是激进的“左”倾主义者
有时是坚定的右倾主义者
我相信同时
这也是空中的秋风的发型

伊沙点评：众所周知，《新世纪诗典》每增一次推荐，都是挺难的，尤其是从1.0到2.0——它其中暗藏的诗理一定是，写一首好诗易，有时甚至会撞上，天上会掉下馅饼来；写两首以上的好诗，就不会是撞上的了，将好诗的生产日常化，便是大诗人。胡锵从1.0到2.0，用了整整两年，为他高兴。本诗是智性的，富含理趣。

2016.12.7

如果

林火火

如果出了银行我不去对过买鸡排
就不会看见边上卖韭菜饼的
不去买韭菜饼
就不会看到卖饼那女人只有一条腿
不看到一条腿就不会转身
就不会看到那只跪着的羊被砍了脑袋
不看到被砍脑袋的羊
就不会想到我买的鸡排原来也是只活蹦乱跳
的鸡
就不会躲开那只羊
就不会正面碰上那个长了半脸肿瘤的人
也不会想起我是站在富民路上

伊沙点评：这是我读到过的用中文写成的最好的现代回文诗，比我在《世纪诗典》推荐过的商禽《逃亡的天空》还要好。它不是死人写的，而是活人写的；它不是老人写的，而是青年写的；它不是男人写的，而是女人写的。《新世纪诗典》天天都在打那些厚古薄今者的脸，他们为了装作没被打脸便装瞎，或装聋作哑。

印钞机

周鸣

2016.12.8

在20世纪70年代
我家曾经有过一台
简易的手动印钞机
母亲用它印出来的
既不是假币
也不是人民币

其实在那个时候
印冥币赚点小钱
也像做贼似的

伊沙点评：周鸣入典两年半了，比我预想的要进展慢，比差不多同时入典的叶臻要少两首诗，为什么？我想起推荐其第一首诗时，心里曾嘀咕了一句：好是好，但思维有点新诗化。于是后来果然并不像预料中的顺利。这说明什么？写作中存在的问题，自己不加以彻底解决的话，即便侥幸写出好诗也会影响未来的进程。本诗毫无问题，事实的诗意，中国的现代诗。

一共五个人

周瑟瑟

他们一共五个人
不会是六个人
他们从一边迅速靠拢
动作整齐，训练有素
而又显得悄无声息
拎着钳子、扳手之类工具
在他们手里
那些工具像是陌生的孩子
闪着油光
他们围在一起
我听不清他们的交谈
他们大约二十七八岁
穿着蓝色工装
裤子肥大，脸也肥大
就那样站着
我记起一部旧电影
正是五个人
瓮声瓮气的台词
在风中飘荡
我走进他们中间
他们一共五个人
加上我
一个穿西装的人
一共六个人
像一个整体

2016/2/3

伊沙点评：周瑟瑟正经历丧母之痛，让我一下子陷入了犹豫：该不该在这时打扰他？但转念一想，也许他正需要来自诗歌和诗友的力量。我从他一组来稿中选出本诗，本诗与其他诗的差别在于写得客观，其他多少都有主观干预的杂音：作者老爱发议论——有道是：人类一思考，上帝就发笑。诗人要克制议论，用形象发言。本主持济南推荐。

妓二代

蔡根谈

2016.12.10

赵晓燕回来了
像久别重逢的初恋情人
他们坐在岸边
青葙摇曳
秋风吹起江面的波光
跟十五年前一样
她散发着艾草味道
小时候
干农活的母亲教她
常熏艾草
坏人就无法从她身上拿走
好的东西
她说她是
怀旧的妓女
曾经回到他们相识的地方
当年的风月场
已变成幼儿园
忆起往事的某个细节
相视尴尬一笑
她依然容易羞涩
因此以前
不是一位优秀的妓女
郊外幽僻
他们没有

在野花丛中癫狂
只是慵懒地斜躺着
叙叙旧
偶尔抚摸彼此的脸庞
望天上飞机渐渐远去
赵晓燕说她
想去阿姆斯特丹
那是她的
耶路撒冷她的蓝毗尼
妓女时代的梦想
像她的乳房
仍然丰满
晚霞映照
肉体鲜艳
长久的沉默后
赵晓燕突然说：
老家镇上念初一的女儿
这时候该放学了。

2016/10/23霜降

伊沙点评：本诗作者名字多变，但诗风如一。本诗显隐结合，殊为巧妙，读罢令人更感其痛。形式只有产生了效果，才是必要的。本主持济南推荐。

2016.12.11

消息

刘强

婆婆死时没人念经
放了鞭炮。现在才知道
念经和放鞭炮，跟写信一样
传递消息。很多时候
写了就写了，越写越多
又不寄给谁，又不变成声音
又不重新捡起来、翻开
泪流满面，或唏嘘一声
停笔的那一天还停下了什么
就像婆婆坐在门槛上晒太阳
闭上眼睛怕阳光晃眼
就再也没有睁开

伊沙点评：记得在我最初推荐刘强时，曾将其诗比喻为光线，今天我想起这句话，就把它再说一遍。想起他的人，每年在江油见面，说的话并不多，但却又觉得是很近的朋友。今天我在济南的诗会上，右边是西娃，左边是李宏伟——他们和刘强一样，都是李白的子孙，他们一定会为刘强而高兴，甚至喝一杯。

夙愿

蓝蓝

愿我是那个八岁的女孩儿，
愿我用刚从地下冒出的清水的眼睛看你。

愿清晨的雾气在柿子树上凝成露珠，
密密的绿麻地里有草虫嘤嘤飞过。

愿担柴人放下柴捆，擦了汗继续往村子里走。
愿你能看到我褪下花裤衩后小雨的哗哗声。

愿杨树苗圃继续做它寂静的梦，
愿我这首小诗无邪地躺在泥土的芬芳中。

伊沙点评：本诗既让我看到了20世纪90年代那个凭着一股子清新之气初登诗坛的蓝蓝，又让我感受到现在这个增大增厚的蓝蓝。本诗漂亮的意象密集出现，证明其优秀；因有这一句“愿你能看到我褪下花裤衩后小雨的哗哗声”——证明其杰出！

2016.12.13

梦见

娜夜

我梦见了金斯伯格
他向我讲述垮掉的生活
缓慢 宁静 越来越轻
时间让生命干枯
让嚎叫变哑
金斯伯格没有了弹性

格林威治正是早晨
白雪和鸽子
飞上了教堂

我梦见
我们是两本书
在时间的书架上
隔着那么多的书
他最后的声音译成中文是说：
别跟你的身体作对

伊沙点评：哦，我想抒情：梦见金斯伯格是多么美好的事！梦见金斯伯格的诗人是美好的！尤其是在这些日子，在鲍勃·迪伦得诺贝尔文学奖的日子。谁不能参透，诺奖给鲍勃就等于是对金斯伯格迟到的变相授奖——谁就是诗歌的外行！

2016.12.14

我想有男朋友的时候

闫永敏

不是做了饭吃不完的时候
不是一个人看电影的时候
不是搬不动重物的时候
不是被妈妈催婚的时候
不是独自去医院看病的时候
不是抱着自己睡不着的时候
当我穿连衣裙或者脱下
后背的拉链拉到一半拉不动了
我想要是有个男朋友也不错
早上他把我的拉链拉好
夜里他把我的拉链拉开

伊沙点评：闫永敏第一次被推荐是在2013年9月，三年来她在诗界成名了，并且深得后口语诗人们的宠爱，照一般规律，这个时候，尤其是女诗人，就要开始装了，在诗里装，把诗当作知名诗人的装点，更有堕落者，把诗当作其社会形象的装点。本诗告诉我，闫永敏不装，甘做正常人，不装的诗人，可以一路好下去。

念诗须知

赵立宏

1. 不要朗读，更不要朗诵
2. 一诗只限一人念
3. 禁止一诗多人一起朗读
4. 请勿像朗诵家那样朗诵
5. 念诗时，对手机的状态无要求
6. 禁止在念诗时接吻脱衣服吃爆米花
7. 喝了酒，还能看清楚字的可以念
8. 可以使用普通话以外的语种或方言读
9. 欢迎有淡淡香水味的性感女人念
10.鼓励配点儿轻音乐念
11.禁止以任何方式要求作者去解释一首诗

2015/12/23

伊沙点评： 《新世纪诗典》、大长节一起来到了评奖季，写完了电影剧本，开成了济南诗会，我已将脑子调换到评估过去一年同行成就的频道上了，剧透一点：第六届李白诗歌奖评论奖候选人，我已经锁定到朱剑、赵立宏二人，后者的最大特点就是吃得透、评得准——我坚决相信，正因为这一点，所以他写得好，成活率高。从《新世纪诗典》土生土长起来的诗人比其他任何地方都多，赵立宏是其中重要的代表人物。

他是看电影摔死的

寒玉

为了给矿工谋福利
矿上专门把单身宿舍楼
最高一层辟出来
作为家属探亲时的临时住房
从对过的楼顶
能看到里面的一举一动
这是单身矿工共守的秘密
一年夏天
有人从楼顶跌落
大家都说
他是看电影摔死的

伊沙点评：《新世纪诗典》开办近六年，山东几乎年年都在团体榜前十名，乘《新世纪诗典》济南诗会召开之际，我们来了一次大订货，做此“山东诗人展”。本次诗会收获的五位“新人”是其中最大的惊喜，本诗作者寒玉堪称“惊喜中的惊喜”，他在诗会上一举杀入最后一轮的决赛，杀入前三，拿下季军。本诗是其中最关键的作品。本诗内藏的美学与老辣的节制，留给同行们至深的印象。

断舍离

黎洵

2016.12.17

单只、失去松紧的袜子
枯萎，快要死掉的盆栽
廉价衣架
旧手机

旧款式的太阳镜
存钱罐 旧零钱
旧玩具
两季不戴的围巾
不会再看的DVD

失效药
旧香水
前段恋情的遗物
旧电影票根
空花盆
浇水壶也扔掉
旧闹钟
和不再滴答的旧时间

伊沙点评：在济南诗会的现场，本诗并未当场订货，经过作者的修改，也未完全达到我想要的样子，总感觉差了一点点，那“一点点”是什么呢？一个更妙的意象、一个更佳的句子、一个思路上的拐弯、一个更具个人性的发现……但是，我非常看重一个城市诗人在山东存在的价值和意义，山东诗人以小城或乡镇见长，但不可失去大城的桥头堡或曰灵魂，这是现代诗发展法则与定律。我相信本诗还有很大的潜力。

2016.12.18

孵化诗人

刘溪

昨天春分，拿起
一枚熟鸡蛋，想把它立起来
对我来说，这是神迹
鸡蛋的逆天身姿，从没亲眼见过
最终还是敲碎了蛋壳
蛋白我吃，蛋黄丢给麻雀
而飞来抢食的却是喜鹊

今天是诗歌节
我决定孵化一个诗人
找来一枚喜鹊蛋
睡觉前，用毛巾包好烤在灯下
凌晨就听到声响
起身查看，蛋壳被啄开小洞
伸出一个带钩的尖喙

2016/3/21

伊沙点评：这是一首理性色彩颇重的诗，是一首需要较强的整合能力方能完成的诗，作者完成得很好。他并未因理性的介入而令诗丧失形象（甚至相反），并在整合中表现出了较高的个人综合实力及文化修养。听完，当场订货之后，我才知作者的评论家身份。在济南诗会之后，我从作者更加口语化的新作中看到他还有很大的潜能。

看见我九六年用过的大哥大

岳上风

接上电源
它又亮起了指示灯
不知道里面是否还有
她的无奈和哭声

那年
维持一场门不当户不对终将失败的爱情
我是下了血本的
每分钟
九毛

伊沙点评：态度并不决定一切，只是为自己赢得了机会。本诗作者在济南诗会上并未订上货，会一完便朝我邮箱发了一组，结果选出本诗。我个人很喜欢这一首，写的是消失的事物，写的是我见过没用过的东西，写出了永远存在下去的人情世故，它打了一些要为永恒写作的糊涂哥的脸，他们以为诗要想永恒，必须写永远存在下去的词与物。

2016.12.20

气候

林之云

很多年前，在我的家乡
有一个人，喝多后
倒在雪地里，死了
如果他，晚醉二十年
第二天，就能爬起来回家
继续活在，他死后的日子
他会经常想起，那场雪
并为之慨叹：妈了个巴子
现在的雪，越下越小了

伊沙点评：2010年，在衡山诗会，我和林之云曾同过屋，但我却没读到他的诗，因为那是一次研讨多多活动多多愣是没有诗人朗诵的诗会，直到六年后的济南诗会，我才第一次听到他的诗，并当场订货，唉！本来他可以更早地登上《新世纪诗典》……本诗真是好极了！与那些小资式的空洞感怀岁月的诗本质不同。

好人

冈居木

2016.12.21

他是全乡评出的十大好人
村前的那条路是他修的
村里的养老院是他盖的
贫困户老石的病是他出钱看的
老石女儿上大学的学费是他资助的
他悄悄地对老石说，你放心
我好人做到底
你女儿以后的一切我全包了

伊沙点评：前阵子写剧本，我还想到过，在专演坏蛋的演员里头，中国有真大师。本诗写了一个中国式好人，也就是一个中国式坏蛋，他的道白也是典型中国式的。好人坏透了，作者也真狠，不狠不足以表现这种真实存在的坏。在济南诗会上，作者读的每首诗都不错，平均水平相当高，在时隔九个月后来到了2.0。

拥抱

张侗

20世纪80年代初
一位刚参加工作的女记者
跟随铁路局长慰问青藏线职工
在可可西里机务段
局长讲完话
问养路工还有什么要求
尽管提
一个平时爱说笑的青工
站起来说
“我有一个请求
能不能抱一抱那个女记者”
他顿了顿又说
“我不会弄疼她”
后面的话
早已被山呼海啸的狂喊淹没
局长让女记者当成一项
重大的政治任务来完成
女记者当众紧紧地拥抱了
满身油污的青工
台下响起雷鸣般的掌声
等他走到台下
又是一阵欢呼
他被养路工挨个拥抱
好多人一边嗷嗷叫着
一边流下眼泪

伊沙点评：本诗是“长安诗歌节”第254场——济南专场亚军作品，张侗是本场诗会表现最佳的山东诗人。它甚至修正了我在形式上的一些成见，在作者朗诵过程中，我两次在心里嘀咕：该刹车了吧？结果都听到了更精彩的下一句。所以说，诗不一定非要简洁，有时候可以尽情啰嗦，只要你精彩迭出。于是，在张侗的喋喋不休中，一首小夜曲变成了交响乐——人性的交响诗！

门诊

东岳

三个女人在讨论各自丈夫的
坏
轮番讲

那名女医生边走边说：
“如果不是因为国家管这事儿
我早把他像杀鸡一样杀了”

说完，麻利地给我换了一瓶
药

伊沙点评：在我所认识的所有山东诗人中，在济南诗会全体与会者中，东岳是我结交最早的朋友，我们的友龄已经长达26年了。他在《新世纪诗典》创造过一项相隔近九百天无推荐的纪录（已经有人打破了），成全了我这老友最铁面无私编选家之虚名，对比那一轮推荐稍晚便恨从胆边生的作者，做人为友的境界真是天上地下。如果你的听力足够好，你在长安诗歌节第254场——济南专场的现场，一定能够听出来，当东岳朗读完本诗，我一声“订货”的叫喊比别人要激动一些，那是我为老友高兴。他已经很久没有品尝到连续两轮被推荐的滋味了！本诗写得好，好得没法说，中国人的一部分生活是没法公开谈论的，口语诗人可以挠这个痒痒。

2016.12.24

你滚吧，太阳

宇向

一个瞎子对我说

你是个能看得见的人
但你不比我更知道太阳
太阳在我周围
它不只在我的周围
太阳在我的上下左右滚
太阳在我的身体里面滚
在我的指缝间
我知道一口吐向我的浓痰
童年猥亵我的老头
他松懈的皮里面藏着从我身上揉下的泥棍
你滚吧 太阳
在每个羞辱我的人的鞋底
我老了 每一天多么宝贵
我瞎了 我说着太阳
我知道的太阳是个没皮的蛋
我咬它 让它有用
我摸它 让它流淌
我叫它滚 我知道
它还会来

伊沙点评： 宇向在济南诗会上没有订上货，但我知其好诗并未推荐完，我知道到哪里去找她的好诗。大约十年前，她曾是中国最好的女诗人——可惜中国没有健康有效的诗歌批评，除了我，没人指出过，所以我有资格在今天说出第二句话：她远没有过去写得好，她现在在世俗上的所得是在吃过去的红利。她的过去有多好？你们自己读吧，在平安夜。

信仰

铁心

以前
听得多的
某某朋友
皈依了
这段时间
突然看到
熟悉的一些
受洗
信教了
有了信仰
我很为他们高兴
在一起吃东西
聊天的时候
常常需要有所注意
索性配合他们
当个忠实的听众
看上去
我有些落伍
后知后觉
看上去
每个人的躯壳
越来越像
租来的

2016/10

伊沙点评： 本诗是铁心的5.0——这并非他这些年的全部业绩，他最辉煌的是《中国口语诗选》的5.0（满额推荐），其中一首入选《当代诗经》。我总是替他感到有点惋惜，没有抓住《口语诗选》这个高点一跃而起促成飞跃，这两年反而平淡了，到底根源何在？也许本人最清楚。我把一首关于信仰的诗置于一个信仰的节日——圣诞节来推荐，也代表所有与会者感谢铁心一手导演了近乎完美的济南诗会！

2016.12.26

中国大妈在巴黎

了乏

托运时遗落的一瓶香水
在过安检时被查出，拟扣留
她一把抢过香水
“嚓呲嚓呲”
悉数喷在了身上

2016/5/9

伊沙点评：了乏之7.0，这种恶谑的诗，我本能地喜欢，套用官话说，只有口语诗能够写人民内部矛盾，能够写同胞的毛病，非口语诗老是非对即罪非白即黑——写不出灰色地带。了乏这两年的写作，也有令人惋惜的地方。2015年在江油现场夺冠时，他曾经登上过一个高台，却没有一飞冲天，反而走向平淡。如何抓住好的契机，把自己整个人扔过去，是很多诗人面临的问题。要学会做自己的机会主义者。

2016.12.27

人民的群像

天狼

雕刻家在一块巨石前
挥舞着铁锤和凿子
塑造一组人民的群像
两个月过去了
一张脸占据了整块石头
虽然五官还不太清晰
可也看得出他英姿勃勃
来历不凡
有人问
怎么塑的是他一个
不是塑造人民的群像吗
雕刻家把嘴上的烟斗拿在手里
指着满地的石粉和碎屑
它们就是

2016/11/16

伊沙点评：本诗是天狼之8.0。在过去五年中，他头三年走得十分平稳，时有惊艳表现，后两年出现了问题。最严重时我竟读到了极其夹生的文人腔，以及道破意义的写作。当同行把他当作“矿工代言人”时，他不想当“特型演员”而努力做“性格演员”——这没错，但诗神也是个势利眼（艺术的势利眼），你变得不好，她连变都不认。本诗似乎又回到他的正轨上。

忏悔

高歌

肛肠癌晚期的村长
有一天找上门来
为五年前打伤母亲
手臂的事儿赔罪
恨意未消的母亲
没有让他进门
说你把人杀完了
忏悔有个屁用

每次听母亲说起
那个病死的仇人
我都在想象他
默默离去时的背影
都对母亲说
你该原谅他的

——地下埋的坏人
有几个赔过不是？

伊沙点评：高歌之11.0——他是所有山东诗人中，推荐次数的冠军，故置于此次山东诗人展压轴之位推荐。回想他近六年来，一路跟着《新世纪诗典》跑下来，像一头耐力颇好的狼，但为何没有成为老虎与狮子？他似乎不太擅从量变到质变，抓住机会，促成飞跃，那就期待今后吧，好在他仍然年轻。

大地的屏保

轩辕轼轲

车窗外
农民在大地上耕种
这个屏保
已经存在了
几千年
用咔擦声
就能露出下面
如同碎屏的
兵荒马乱

2016/9/26

伊沙点评： 轩辕轼轲的10.0，在所有山东诗人中位列亚军，但考虑到他是近六年来影响力上升最快也是目前炙手可热的山东诗人，故将此次山东诗人展压大轴的重要位置留给他——于私我也该这么做。17年前，我在《文友》老诗典上刊发了他的处子作，17年后，我当在《新世纪诗典》上给他一个小结。沈浩波说他大有成为“山东王”之势，我想说的是，这是肯定的，但是相对的，还是绝对的，则取决于他自己，取决于其诗的境界——本诗，就是境界颇高的一首。至此，为期两周的山东诗人展圆满结束，窥此一斑可见新世纪山东现代诗之全豹。

带奶的猪肉

叶臻

那时候还是生产队
队里的一头老母猪
不再生育
队长给了它一刀
然后脱毛开膛
切割成三十一份
全队三十一户人家
二十九户抓阄
各得一份
另两户不抓阄
其中一份
也就是猪坐臀上
最好的那块肉
给了军属杨奶奶
另一份
给了地主刘抗生
他拎起来时
那块肉上
晃荡着三个
稀松的奶头

2016/11/1

伊沙点评： 济南诗会冠军作品。小史诗，血淋淋的好，好到无话可说。对于《新世纪诗典》系列诗会来说，叶臻属于首次参会，首次参会便一举夺冠，只有在中国诗坛这方清流净土中才能实现。《新世纪诗典》无视诗坛论资排辈的旧秩序，自己也不建立这样的秩序，一切都看当下现场此时此刻你这一首诗的表现。作为主持人，我想说的是，叶臻在济南夺冠绝非偶然，他的写作以及在《新世纪诗典》的走势也呈后来居上。

诗三百

沈浩波

柏拉图在理想国里想驱逐的是什么
孔夫子在编选《诗经》时删掉的就是什么
当我突然意识到这一点
不禁感到毛骨悚然
子不语怪力乱神
那些怪异的，剽悍的，身体的，反抗的，神
秘的，瑰丽的
都被他删掉了吧?
如果真是这样
那他就是我的敌人，是刽子手和混蛋

2016/10/16

伊沙点评：2017年到来了！《新世纪诗典》跨入了它的第七个年头，也即将迎来它的六周年。新年伊始，我特意安排当年出发时的排头兵沈浩波来打头阵，他用自己不断的进步赢取了这个资格。本诗代表着他40岁的新高度——在高处解构，但我又不想说成“解构”，因为中国人对后现代主义的所有名词都给予了最庸俗化的理解，解构=破坏！那我们换种说法，在高处创意！考虑到孔子还说过“诗无邪”的话（“邪”的解释权又在他手中），沈浩波之创意是完全成立的——想一想，这确实是很可怕的文明悲剧。

2017.1.2

得逞

里所

街边站着翘臀白腿的女人
被风鼓起的伞才会有
那种饱满和细细的柄
或者一节嫩藕
出水的时候还带着
湿哒哒的泥渍
要有多大的欲望
才有勇气当街掀起
她的裙子
必将得到一声尖叫
大喊变态
可是为了看一眼
她的粉色内裤
就一眼
就着火一样冲进树林

2016

伊沙点评： 以责编诗集的质与量统计，里所当为中国当前最有成就的诗歌编辑——是以，我将《新世纪诗典》第2100首这个节点的“荣誉推荐”留给她。我的学生我了解，她的文化修养，她的理论素养，她的敬业和专业精神，可以令她在正常生活中保持稳定的写作状态。对于她，只须召唤更多的灵性、出神与爆发——她的好诗往往诞生于此，本诗正是。

2017.1.3

他在为我们看不见的东西，哭

西娃

我们正在吃饭
在阳光下的院子里
五岁的侄儿突然大哭
指着前方喊着：
爷爷，那是爷爷
顺着他所指的方向
我们仅仅看到一望无际的阳光

这是父亲去世的第七天
按家乡的说法
是灵魂最后一次回家的日子
而我们除了看见一望无际的阳光
什么也没看见

2016/10/11

伊沙点评：我和西娃都是相信神秘现象的人，虽然她是佛教徒而我是无神论者，譬如说，今天本来就该推荐她，而她在上午获了奖——拿下《新世纪诗典》“李白诗歌奖”金银铜大满贯的人，却只得过一次现场冠军。济南诗会上，她高开低走，本诗便是她的高开，写的是神秘现象。祝贺西娃！她的诗集在过去一年中赢得了读者的喜欢，她的拔尖之作赢得了第一流诗人的尊重。

2017.1.4

写不好诗的十三类说法，请对号入座或继续补充

朱剑

1

我对任何诗歌

包括口语诗抒情诗

都不抱任何成见

2

诗写得好不好不重要

重要的是大家都是兄弟

3

我写诗不图名不图利纯粹就是个人爱好

4

写得好不好牛不牛逼不是你自己

而是历史说了算

5

你安安静静写你的就行了干吗天天找茬骂人

6

贵圈真乱

7

诗不是唯一的我还要生活

8

他要不死的话诗歌不会是现在这个样子

9

我在写永恒的诗

10

我还在学习，请老师多批评

11

我也来屎一下

12

写再多没用关键是

出精品

一首顶十首甚至百首

13

你们这帮人渣混进来也想写好诗

2016/11

伊沙点评：本诗是济南诗会殿军作品，虽然殿军无奖品。适逢作者刚刚获得第六届《新世纪诗典》“李白诗歌奖”评论奖时推荐，一首以诗论诗的诗，后现代的戏仿玩法，出自多年的江湖历练，出自生活与诗歌的有心人。年终作者获双奖，六年下来作者已成多奖获得者，六年前可是零获奖，我们可以改造这个诗坛，我们也确实改造了它！

第十辑　许多药名都有诗意

最近几年

我甚至怀疑

有些药片就是诗神的化身

——阿吾

素质

王有尾

去饭店拉泔水的
停三轮车时
轮胎被路边的
玻璃给扎了
他跳下三轮车
冲着一旁
一个扫垃圾的
张口大叫：
“都是啥素质！
碎酒瓶子都不扫。
西安靠你们，
猴年马月也评不上
卫生城市。”
那个扫垃圾的
也不依不饶：
“就鸡巴你素质高。
晚上收泔水，
白天卖油。”

2016/10/22

伊沙点评： 拟春联代酷评。上联：平胸轮怀念怀孕的女鬼；下联：七零末不坠争雄之壮志。横批：王有伟诗。

2011.1.6

驯养

艾蒿

无人的马戏团
驯养员正和一只熊
跳着双人舞

伊沙点评：艾蒿在济南诗会上另有订货，发货时捎带发了另外三件，其中此件压倒了订货，便取而代之成为今天的推荐诗——被推荐多的老作者都知道，这也形成了《新世纪诗典》的一项优良传统：一定要把你这四个月的“顶峰”选出来，每个人的“顶峰”，构成了《新世纪诗典》的巍巍群峰。如何看待本诗？我看到的是，一位口语诗人又写出了漂亮的标准的庞德式的意象诗（中国人大多将雪莱、拜伦、华兹华斯、济慈式的浪漫主义误读为意象诗）——这在近六年的《新世纪诗典》中，已经构成了一大现象——与此对应的现象是，泛抒情诗人写出了口语化的好诗（并非好的口语诗）。

2017.1.7

弹坑的用途

苏不归

我曾写过
萨拉热窝的弹坑——
“大大小小的坑
坑里都被灌满了红色油漆”

根据弹坑理论
我不太可能再次写到弹坑

可今天新闻传来——
叙利亚的儿童们
在弹坑里
游泳

电视里
几个黑不溜秋的孩子
争先跳入弹坑
小脑袋钻出来
一副乐不可支的样子

2009/10/16

伊沙点评：物以稀为贵，中国诗坛只有一个苏不归，有时候他是不可缺少的。去年评“中国十五大城市诗人”，他比众多老大更快确定；圣诞节适逢鲁军展，发现鲁军中少了个苏不归，从辨识度来说，他无疑是近年最成功的诗人（可以不加“之一”），但是，从文学原理上说，他的洋范儿之路走起来并不容易，就算经常能够抵达异国的现场，还有一个熟悉的题材更容易写好这一关，何去何从，能走多远，诗在人为。

宏大的叙述

起子

让一个人
消失在一群人中
让一群人
遇见另一群人
让两群人
打
打成了更大的一群人
让一些人死掉

这时
传来导演的喊话
“镜头跟上
对准人群中的那个人！”

话音未落
导演跟他的剧组
连同没有拍完的电影
就消失在了
茫茫宇宙

2016/10/11

伊沙点评：谁还记得昨日诗江湖的起子？一个一味求凶甚至要出反文明写作事故的起子。六年《新世纪诗典》还有自身年龄和修为，已经把他改造成一位全面稳健的实力诗人。但是也别忘记凶，在《新世纪诗典》顺风顺水，日子过得好了，容易出现前几日说王有尾的“平胸现象”——是为提醒。

种树

摆丢

毛毛雨中
我们跪地上
看着棺材往井里放
地理先生高声问——

王公入土，他生前
欠你们哪个钱吗？
众亲友答：没有

棺材低了几寸

欠你们哪个粮吗？
答：没有

好，走得干净
入土——为安——
种下去——

老木触底
泥土哗哗泼进井
我最后看了一眼大伯
他抖掉尘土
磊落的
长了起来

2016/10/27于云南丽江

伊沙点评：本诗是摆丢的12.0，距11.0相隔只有52天，他的11.0与10.0相隔长达423天，而他10.0与9.0相隔80天——这就是《新世纪诗典》！这就是摆丢近一年半以来的写作状况的反映！服不服？只有摆丢自己或极熟悉摆丢写作状况的人说了算。摆丢好起来是很吓人的，最好的摆丢可以摸到《新世纪诗典》的上线，如果不是提前去机场，没法参加决赛，摆丢在济南诗会上必入三甲。在此我根据近期推荐情况列一个会外荣誉三甲：沈浩波（晚到错过了）、艾蒿（未派最佳诗）、摆丢（早退去机场）。

2017.1.10

为师之道

易小倩

课间休息的时候
听课老师跟我说
你不用对学生们笑
要治得住他们
上课后
他在讲台上吼：
杨伯远
我今天记住你了！
金宇轩
下次还这样
就别来上课了！
孔佳佳
说小话很爽是吧
瞧把你能的！
孩子们迅速安静下来
眼里充满犯错的恐惧
他环顾四周
得意地看了我一眼
让我也忍不住
打了个寒颤

伊沙点评：前面来了两个同仁三人组，今明来个情侣二重唱：易小倩VS宋壮壮——这一对因《新世纪诗典》而结缘，是我们的佳话，按照女士优先原则，今天先推易小倩。她的诗或许还不是最好的，但却一定是最可爱的，我发现她的平均水平非常高，她写成“非诗”的废品几乎为零（好些著名诗人可是相当高哦），底线守得很死，为什么？因为她天生诗感好，没有诗意的东西她不写，而她的诗意标准又是现代的、开阔的、好玩的、自由的。

脱发治疗经过

宋壮壮

随手翻中药书
鲜松针二两
煎汤洗头可治脱发
我下班路上就揪了一些
回家熬汤洗头
春天万物苏醒
空气中有温暖的花香
我洗完头晾着
傍晚的风吹过
我慢慢长出
一头的松针

2016/4/6

伊沙点评：如果伴侣是位天才型的女诗人，这个男诗人肯定是骄傲与压力并存的，最严重的结果,就是被压成了诗评家（此处应有笑声）。一年前，《新世纪诗典》诗人泰新马三国行中，宋壮壮拿下一站冠军时，我说这首比易小倩写得好，壮壮嘴硬：一直比她好——实际上，壮壮是扛得住的，本诗又到了他的地盘，那就不论谁都得靠边站了。

一生中，每个人都会被闪电击中七次

李宏伟

每一次都没有预期，没有防备
你在遛狗，开车，喝酒，打牌，闲聊
或者，正坐在竹林，等待竹笋拱破陈旧的土地
闪电就劈了下来，击中你身体的不同地方
这足够的场景，足够你老来坐在摇椅上细数
也有那么几个人，当他们终于入了土
自以为完事大吉，闪电又劈进来
击中他们的额头，凑够一生中必要的数

2016/3/21

伊沙点评：在近年涌现的诗人中，在口语诗人之外，他几乎是我最看重的一位。江油的儿子、哲学系出身、南人北相北体，其诗亦如其体，骨骼很大很硬，绝不缺钙发软。此次在济南诗会上，他又多出一抹与人的命运相关的神秘色彩，令我击节叫好（并非拍案而起）。非口语诗人，你们尽管信任我，你们要相信在1998年《世纪诗典》时代（老诗典）还能为朦胧诗补选出一首名作的编选家。

2017.1.13

古寺

二月蓝

庙门紧闭
远方的灯笼红得寂寥
逶迤而来
立在月光和虫声中
一枝桂花
让我的右手高高扬起
掌上的五个指头
仿佛五位
瘦削的僧人

伊沙点评：所有与会者作证：在济南诗会上，当我听到这首精妙的意象诗时，是多么兴奋！在《新世纪诗典》中，绝对不存在诗种歧视，只要是好诗，一样受欢迎。昨夜与沈浩波电话长聊，其中一个困惑是，为什么北岛式的意象诗快绝种了？结论是，纯路须苦修无人行，泛路是捷径蜂拥至！北岛在同一个标题下，留下过深度意象的经典之作，希望二月蓝能够继续苦修终成正果。

与领导一起尿尿

刘傲夫

2011.1.14

厕所里立便器
只有两个
我正尿着
领导进来了
与我并排
站着开尿
气氛有些沉默
我觉得这时候
应该说点什么
我说，领导
你尿尿
也尿得这么
好

伊沙点评：在我眼中，刘傲夫就像一块诗江湖的活化石，优点是粗粝，缺点是粗糙，而《新世纪诗典》这六年来确实让后口语诗在各方面都升了不止一级，更讲究，更艺术，更精致，更高级，傲夫尚未完全适应。此次济南诗会，他靠本诗一把订货，不虚此行。这是一首笑死你没商量的诗，确有戏剧性，像个学电影的写的。

她也是我们中的一个

庞琼珍

盯一张照片
十分钟
你会有所发现

一排左二
跟谁也不认识的她
跟我们郑重地合影

她像老朋友一样
在趵突泉观泉
在李清照故居谈诗

合影之后 她就消失了
仿佛只为诗人留下
她的异常美丽

我盯着照片十分钟了
一条灰黑色的灵狐
从她颈间隐匿处窜出

2016/12/10

伊沙点评：济南诗会，津门女将，不知何故，非平即泛，非泛即弱，有的诗，竟连调门都找不准……精心准备之作尽没，庞琼珍在会后现场写的本诗，成为仅存的硕果。当国内大型诗会纷纷沦为地方旅游节的附属品，再有影响的诗人被请去，也都是去给演员当观众的，《新世纪诗典》诗会说：不，诗人参加诗会，就是来诵诗的！继而又发出一个强音：不仅诵诗，还要现场写诗！韩国诗会，玩了一把同题；青海诗会，玩了一组同题，这次又玩了一把，庞出手最快，想法未必是最好的，但文本很自足，故推荐之。

睡衣

海青

她开玩笑地说
要买件高档真丝睡衣
不然
一个大龄未婚女
哪天死后
被发现也是
三天五天之后了
抬你出去的人
还说你是个性感女郎

伊沙点评：济南诗会成果丰硕，在外省转了半月之后，现在又回到了山东诗人。海青应该算是“葵之怒放诗歌节”“长安诗歌节”，《新世纪诗典》——这民间三大诗歌道场一起为山东发现的一位诗人，她在朴实、持重、醇厚的鲁风中辨识度很高，带有一股子清新之气，不可小觑，其诗进有现代之犀利，退有传统之灵气，近几轮次，连续被推荐。

我还没有

盛兴

我的腿还没有发抖
我还没有下跪
还没有道歉
我还没有喝多
还没有吃药
还没走
我还在
我在回家的路上徘徊
我还没有想出一个好玩的笑话
逗等在家里的孩子欢笑

2016/11/17

伊沙点评：盛兴在济南诗会没有订上货，回去之后调集兵马杀往我邮箱。怎么说呢？作为诗人，他已经回来了，这些诗遍发刊物都没问题；但作为盛兴，他还没有回来，根据我一段时间的观察，他是被一种笼统的经典意识（想写永恒之诗）给捆住了，且不说这种想法是否对头，至少写这种诗你全无优势。我选出的这一首（尤其是结尾），依稀得见当年的那个盛兴。

楼下的羽毛球赛

双子

午后的楼下
两个小男孩
正在打羽毛球
没有网
没有边线
可每打一个球
他们就会交换
一次场地
轮流站在
顺风的一边
这不是一场比赛
然而比分
却咬的很紧
直到一棵大树
晃着胳膊
将球没收

伊沙点评： 济南诗会上，双子念的是不分行的诗，大败而归。我当场批得很严厉，是怕北京土著甫一成名便小富即安耍起来的老毛病在他身上重演，回来之后我意识到这不是态度问题而是技术难度。诗歌就是文字分行的艺术，取消分行，你得做得更多，我写《晨钟暮鼓》时，是先写成分行诗，再取消分行。回来之后，双子又发来了他的分行诗，一切便正常了，本诗被选出。

剧情

李振羽

县剧院落成
三年了没有演出
昨天开始在此
召开第十七届人代会

2016/10/18

伊沙点评：李振羽是《新世纪诗典》系列诗会最积极的参会者之一，这次济南诗会也报了名，但恰逢职称考试——我深知职称对于一名职业教师意味着什么，故让其享受参会者一样的待遇。这是李振羽的6.0，他给自己定的目标就是一本书入选一首，第六季又实现了。本诗写得好，我在《口语诗论语》中说过：在口语诗中，聪明是一种美，老实也是一种美——本诗写得老实，标题却起得狡猾，在正文与标题之间构成强大的张力。

2017.1.20

卖雪球

西毒何殇

隆冬的街头
一位年轻的母亲
笑吟吟地看着
流浪汉模样的中年男人
把一个雪球
递给婴儿车里的孩子
男人面前的小摊上
从大到小
整齐地摆放着
好几排还未售出的雪球
这是1983年的美国
总统里根制定星球大战计划
先驱者号飞出了太阳系

伊沙点评：西毒何殇也报名了济南诗会，因父急病查体未成行，当享受参会者待遇，因此我将更早时候订货的本诗也列为济南诗会成果——至此，济南诗会的全部成果体现完毕。济南诗会以总订货36首名列历史第二名（第一名为2015年崆峒山诗会，37首）。本诗是以形式意味来以小搏大的那路诗，作者写的是自己不可能有记忆的出生后的第三年。

在父亲的病房

黄海

我和父亲对视了一会儿
他的眼睛充满灯光一样的清澈
他嘴角微微一动
好像说了什么
我没听清
我靠近他的病床坐下来
看到从病号服的裤孔
露出来的阴茎
从未像今天那样
顺从和柔软
像婴孩那样一动不动
我又把它悄悄塞回
父亲的裤裆

2016/6

伊沙点评：本诗是《新世纪诗典》第六季第三轮最早的订货之一，这样的诗，我果断选，但却舍不得夸，因为代价太大了——丧父之痛！这样的诗，属于命运！这样的诗要是写不好，就是缪斯的弃儿。但即便是这样的诗，也不可能将新诗诗人变成现代诗人，把书面语诗人变成口语诗人，因为即便是情感的激荡与冲击也不可能提高一个人的深刻与开化度。

2017.1.22

我们都会是新人的

舒冲

早就消失的二十四楼
谈情说爱无数
星移斗转光年
突然真的传来
我这次真的要结婚了
谁谁谁谁都没关系
谁谁谁谁我们都要经过
这也是一场大限

大限将至
大限将至未至
大限还是未至
终于至了的大限以后
我就是新人了
我们都会是新人的

伊沙点评：舒冲网名大舒舒，我们在新浪微博互关很早，我没有推荐他；前年秋天在上海见面我对其人印象很好，我没有推荐他；去年他应邀到梅西的故乡去参加了一项南美很重要的诗歌节，我没有推荐他——之所以没有推荐他，就是没有找到令我心悦诚服的一首诗，现在终于等到了，推荐随之而来。本诗写得像RAP,气息现代，多有妙语，事实上，舒冲就是一位专业水平的歌手，以后我们《新世纪诗典》诗人跟人飙歌，不会输给谁了。

2017.1.23

无题

李柳杨

他们说祖国
用一种梦的节奏
仿佛无尽的海在向我们靠近
蔚蓝并且腥辣

尸体是冰冷的

伊沙点评：大手笔！一个90后女诗人的大手笔！这是《新世纪诗典》六年来，我所见过的从1.0到2.0进步最大的范例，我斗胆揣测其中的原因：一、是个人之用心；二、磨铁的环境好。90后诗人，正处于成长期，三观未形成，变数非常大，谁能稳定下来，从群体中突围出去，谁就将是这一代中的重要诗人。

2017.1.25

故事里的鬼

三个A

英年早逝的他
是我见过的
最会讲鬼故事的老师
如今想起他故事里的鬼
再也没有盼头
我感到沮丧

伊沙点评：《新世纪诗典》这把钢尺子，量出了山西王、河南王，也量出了广西王——只是我不想把70后的他称作“广西王”，我更愿意称之为“广西先锋诗歌的灵魂人物”。我已经摸清了，在那个地方写诗，方向何其重要，广西诗歌正路与大道的方向正掌握在这个头发漂染得五颜六色的形似古惑仔的诗人手中，是他引领着真正有才华的一批广西诗人在前进——此人正是本诗作者三个A，其诗令我开心颜!

2017.1.26

许多药名都有诗意

阿吾

许多药名都有诗意
这是我连续服药
十四年以后才有的顿悟
此时
三种意境的药片
正从我的食道滑向胃
我已经习惯
吃药的时候默念它们的大名
文迪雅、格华止、维格列汀
这种感觉很像
一个久违的梦境
在双螺旋的时间通道中
我飞驰而去
完全处于失重状态
对于一个慢性病人来说
通过美化服药的过程
期待可以收到神奇的效果
就像传说中的阿司匹林
先是镇痛解热
后来用于预防血栓
最近几年
我甚至怀疑
有些药片就是诗神的化身

2017/1/8于广东惠州

伊沙点评：2016年12月28日晚，在西安喜来登大酒店，当“长安诗歌节”第七届现代诗成就大奖的结果产生——“第三代诗人”阿吾获此大奖之时，我说了一句话：这是为诗歌史负责的选择，感谢同仁评委！昨晚，第五届大奖得主唐欣造访，也说到这个结果“没想到”。是的，即便是朋友也难免会用“谱系”逻辑揣测评奖结果，但我们的选择显然超越了这个逻辑。据我所知，《诗探索》曾颁奖给阿吾，不知何因，他拒了，所以这便是阿吾的首次获奖——一个早就写出过名作《相声专场》的诗人在52岁首次获奖，足见我国的诗歌环境有多不正常！

2017，我在北京过的第二个本命年

安琪

鸡妈妈刚从灶台下来
身上还套着围裙，围裙有些皱巴
围裙有些皱巴也没挡住她下垂的小腹
这使她看上去憨厚、慈祥
顺着鸡爸爸眼睛的方向
她看见猴子们收拾细软
做好撤退的准备——
“属于我们的年要到了！”

四根细细的爪子
也有抓牢大地的力量

2017/1/2于北京

伊沙点评：中国人一年一度最隆重最盛大的节日——春节开始了！《新世纪诗典》从它经历的第一个春节开始就形成了自己独特的过年法：在过年期间，每天派出一位诗人向他（她）所属的性别、代际诗人拜年！今年，我们首先派出安琪向《新世纪诗典》全体女诗人拜年！因为安琪近期来稿的优异，因为本诗浓郁的年味儿。

2017.1.28

很少有哪一个少女的身姿不被乐善桥的曲线无情解构

任洪渊

6岁走过，10岁走过
他在桥上停步，回步，重温什么
那是偎在桥栏臂弯的感觉？
那是依在桥栏怀抱的感觉？
一条温暖在石头上的线

偎依，母腹内的记忆
婴儿期的第一个姿势
他偎依着、呼吸着、吮吸着的曲线
动脉一样流动在自己身上
没有臂弯里的童年，怀抱里的童年
在石头的桥栏，他寻找回自己
第一个姿势，生命展开的第一条线

他在成长，桥线在延长
同一条偎依拥抱的线在成长与延长
正像偎依与拥抱是一个姿势的两面
从偎依到拥抱不过是一次转身
也就是面向与背向的不断转向
在转身、半转身、转身与半转身之间
从第一个主动姿势，偎依
到第二个主动姿势，拥抱
似乎看不出多少形体的差异，动作的难度
——祝福偎依中拥抱中的人

偎依吧，拥抱吧，偎依拥抱与拥抱偎依吧

浮动在白沫江上的桥线，水线
他的第一个美学符号
江水流多远，桥线就有多长
不论从近旁从远方，在他的视域
如果站在桥上，很少有哪一个少女的
身姿，不被乐善桥曲线无情地解构
无论多少S都同样危险
美丽的，敢不敢接受白沫江邀请
走过他的桥上，或者桥畔？

也许白沫江桥在等你，你走来
桥线，水线，又一次因你改变
邛崃山中的落照反照在江间

伊沙点评：诗人任洪渊的第二春是这两年中国诗坛最叫人眼前为之一亮的风景之一，真像是个老谋深算的冷酷策划，引而不发三十载，等到同代人都不写了甚至不在了，突然站出来发出他们不曾发出过的强音，身为嫡亲弟子我自然感到无限惊喜、欣慰与振奋，能够动用自己手上有限的一点权力——将《新世纪诗典》第六届李白诗歌奖成就奖亲授与老师，是我的命运与福气！在这大年初一，请允许我请出任老师为出生在1939年以前的《新世纪诗典》的老寿星们拜年，祝老寿星们长命百岁，新作犹生！

2017.1.29

邮筒今昔

曲有源

尝尽人间
百味的
邮筒
而
今
饥寒
交迫只
能把雾霾
和沙尘
比较
看
哪
个口感好

伊沙点评：曲有源先生是我的减肥教练，也是我的人生榜样，至少在这一点上——达则普度众生，穷则独善其身。他退休前是《作家》的诗编，与宗仁发一起摆渡了中国先锋诗人；他退休后偏居故乡的冰天雪地，是老诗人中写诗最勤奋的一个，值此大年初二，我请他出来为其身在的《新世纪诗典》40后诗人拜年！本诗甚妙，且接地气。

新年

姚风

歌声，美酒，饕餮，烟花，狂舞，
摇头丸，倒数，做爱，争吵，哭泣……
人们以各种喜乐或者悲伤的方式
迎接新的一年
而那些当年迫害遇罗克的人
迫害张志新的人
迫害林昭的人
迫害傅雷的人
迫害聂树斌的人
……
一个都没有死
还都活着
他们和我一样
健康地走进了2017年

2017/1/1

伊沙点评：姚风先生是两年前《新世纪诗典》第四届“李白诗歌奖”成就奖得主，这两年似有放缓之势，主要的问题是写得太正确了，太体面了，缺乏个人的心慌，值此大年初三，我还是请他出来为其身在的《新世纪诗典》50后诗人拜年！这个代际的诗人应该比现在更加壮大创作状态更猛才对。

北平的春天

唐欣

西北风卷起了漫天沙土
历史学教授钱穆 坐上
西直门出发的人力车
前往海淀 他一边裹紧
围巾 一边感叹 好爽啊
当然 拉车的骆驼祥子
多半不会同意 但他
什么话也没有说

2016/7

伊沙点评：大年初四，有请中国当代最杰出的诗人之一、第五届“葵·现代诗成就大奖”得主唐欣先生代表《新世纪诗典》向其所在的典中最庞大、最雄厚、最中坚、最壮观的60后军团拜年！希望60后军团继续前行，将其自身的历史现象做到前无古人后无来者的级别（如同“五四”一代）！我个人非常欣赏本诗，有个人、有立场、有态度，但又没那么严重，不至于“你死我活”。

在广州

马非

我还是认识几个
当地诗人的
但想过去
也只有一位
可以聊上一聊
又想回来
还是作罢了

他信了上帝

伊沙点评： 据我所察，正是在《新世纪诗典》开办的这五六年间，70后诗人迎来了全面的成熟，成为典中第二壮大的军团，值此大年初五，我们请出目前70后诗人两位满额推荐者之一、第三届“李白诗歌奖·金诗奖”得主、“口语鹰派”代表人物马非先生代表《新世纪诗典》向其所在的70后诗人拜年！本诗深得口语诗之精髓，实诚到极处，诗意便产生。

袭警

左右

小区的流浪狗
强奸了一只
受伤的消防警犬

2017/12/18

伊沙点评：左右在济南诗会上没有订上货，回到长安第一场便杀了个回马枪，拿出了这首笑死人不偿命的诗，不但订货，还夺取了今天的拜年权——大年初六，请他代表《新世纪诗典》来向其所在的80后诗人拜年！几年前，左右初上《新世纪诗典》我就预言过，他会打破80后在当时的既定秩序，果不其然，左右拔尖作的锋利度何止压过80后？

北师大游泳馆的老太太

吴雨伦

学校游泳馆
由一个脾气暴虐
乖戾的老太太负责
65岁上下
刷卡的时候
我们尽量不看她的脸
但也难免摩擦

有时我会怀疑
这个令人发指的老太太
就是杀死老舍的凶手
至少是凶手之一
五十年前
伫立在殴打老舍的队伍中
在太平湖旁
目送老舍坠入湖里

如今在游泳池旁
看着我们跳入池中

2016

伊沙点评：我曾扪心自问，如果我不认识吴雨伦，并且没有被六年《新世纪诗典》强化了的关注同行的习惯，我会在什么时候注意到他？回答是，最迟的界线是本诗！在这样的诗面前，如果我还无动于衷，我就不是伊沙了。事实上，如果没有这一层亲情关系，我对他的评价反而会更高一些，现在只能说出最基本的事实，他比我所见过或了解的所有诗人大学时代写得好。值此大年初七，请他以长安诗歌节第四届“唐”青年诗人奖得主的身份向其所在之《新世纪诗典》90后诗人拜年，祝他们在新的一年里不断壮大、精进、走向成熟、佳作迭出!

2017.2.4

打仗

石薇拉

假如我
生活在战争的年代
别人冲在前线
我就只能在旁边
喊加油

伊沙点评：别告诉我说每个孩子都是诗人，大部分孩子一张嘴就是大人的假话套话，还有一部分说话挺好玩，一落笔就是。没有《新世纪诗典》，就无00后，别的地方把适龄者当少年儿童，这里把它们当诗人——与成年诗人标准无二。在《新世纪诗典》00后诗人中，也有先锋，本诗作者石薇拉就是这样的先锋，值此大年初八我请她出来代表《新世纪诗典》向其所在00后诗人拜年，祝大家在新的一年里，好好学习（这是首要的），适度创作，学习与创作双丰收！

第十一辑　一阵吹不熄的山籁

一片化不掉的积雪
一段淋不坏的木栅

一团融不散的日晖
一阵吹不熄的山籁

——黄翔

万物生长

宋雨

玉贤嫂子只穿白汗衫
凸着乳
两点前一片奶渍
追小牛犊
那天的阳光白花花的
我的书包带子
变成了单肩背
依旧在为小小的起伏为难
那天的嫂子
让我有多眼热
追着小牛犊一颤
一颤
她说噢
她又说驾

2016/12/4

伊沙点评：昨天推荐的少女诗人石薇拉还有一个隐藏的身份，广西壮族——是的，来自全国各地的少数民族诗人构成了《新世纪诗典》一大迤逦的风景。今天，我请优秀的新疆回族女诗人宋雨出来代表《新世纪诗典》向典中所有少数民族诗人拜年，每一个少数民族都有自己的年，祝他们在汉民族的传统年中一样快乐！宋雨的诗越写越好，其中过程并不顺利，我所看到的内部真相是，她曾经是最好的抒情诗人，但她并不满足于写传统的抒情诗，如何“现代化”而不是“泛化”？她表现出了高于一般人的诗商和技艺，所以你读本诗，纯而又醇。

路遇

春树

黑咕隆咚的丹麦冬天
晚上六点半
一个男人从后面追上怀孕八个多月的我
“你好！我跟了你几条街了，我想说，你很lovely……”
“什么？lonely？哦，lovely……”
要不是他接下来的一句话惹恼了我
我可能会让他陪我喝一杯
“你是日本人吗？”

2016/9/22

伊沙点评：我很高兴，也很得意，是因为《新世纪诗典》第六届“李白诗歌奖·银诗奖”一锤打破了美国《时代周刊》（亚洲版）封面人物（中国诗人中的唯一）春树女士获诗歌奖之零纪录。值此大年初十，我请她出来代表《新世纪诗典》向我们的海外诗人群拜年！侨居或定居在海外的用中文写作的诗人们（并非全是华裔）是《新世纪诗典》又一亮丽的风景线，他山之石，可以攻玉，我期待他们对中文诗歌的发展、进步作出更大的贡献!

2017.2.7

初刻拍案惊奇

李勋阳

他家祖坟
直冒尾气

伊沙点评：《新世纪诗典》除了不鼓励写坏之外，啥都鼓励，譬如说走怪一路，大有种子选手竞逐，男如蒋涛，女如李茶，不过六年走下来，首怪还是绰号“怪怂”之李勋阳，本诗不但怪，还怪得很高级，暗合了深度意象派大师特朗斯特罗姆的理论：最理想的意象来自有机物与无机物的撞击。说实话，“长安诗歌节”最欢迎这种给我们带来诗歌快乐的诗人，我对首怪被我学生夺走暗中偷着乐！

被侮辱的

耿占坤

他们把一座老戏台拆了
他们把一间祠堂拆了
他们把曾祖父出生的
和曾孙子准备娶妻的庭院拆了
他们把这个有四百年家谱传承
和三百户人家的村落整个拆了
也把无人认领的古墓拆了
他们要在这里建娱乐城
他们要在这里建购物广场
他们要在这里建高档社区
这些我都明白不明白的是
你们干就干了呗
还要在这个叫沈家寨的地方
竖起一块大牌子
上书：棚户区改造

把人打倒
再吐上一口痰

伊沙点评：本诗来自马非的助攻，但是太奇怪了，各式各样五花八门的奇怪因素都在延缓它的推荐，一下子推迟了两三个月，竟然跨过了年！马非自己的诗可从来都是顺风顺水的呀，难道老耿与《新世纪诗典》命中犯冲？我甚至都迷信起来……今天终于推出来，这是老耿的2.0，又是很好的一首诗，我的酷评是，耿占春论现代诗论了一辈子也没论清楚，耿占坤两首就写清楚了！

凤莲传

赵思运

赵凤莲
生于1957年
郓城县王营村人
三岁前没见过馒头
吃的全是地瓜叶槐树叶蒌蒌芽
最好吃的是嫩麦苗
饿急了就哭着要苗苗
她娘不知道在哪里找来一条长虫
缠在腰里
用力把它捋死
偷偷拿到大队食堂里
烤熟后
一缕黄黄的香气搭在凤莲的肩膀上
回到家里
三口人
一人一截
大快朵颐

2017/1/19

伊沙点评：有心人一定注意到了本诗末的写作时间，20天后它被推荐，这就是《新世纪诗典》的效率，我们最快的推荐纪录是8天（由广东诗人百定安保持），推得快是因为写得好，并且还须是本典稀缺的、急需的、呼唤的那种好。昨天我还在《点射》中感叹：“有多久/在大陆的大银幕上/看不到穷人了”——我忽然意识到一个国家的知识界如果没有真正的左翼，是很可怕的事。本诗替沉默在历史中的穷人、弱者做传，是一个真正的知识分子该干的，由“教授+博士+诗评家”这个系统中仅有的两位口语诗人中的一位写出来（另一位是吴投文），一点都不奇怪，“口语诗是世界观”（西毒何殇语），还是情感与心灵！

人为什么那么坏

刘一君

托伊的家人都已被赶往镇上的广场
他躲开了党卫军 在小巷间拼命跑
这时他看见了同学雅内克
托伊大喊 雅内克 救救我
雅内克说 快藏到我家的谷仓里
说着领托伊藏到谷仓 告诉他别动
镇子里不时传来枪声
托伊的爸妈在卡车上四望
但不断被赶来的人里没有他们的儿子
这时谷仓的门开了
雅内克带着一个党卫军走进来
指着托伊
说 这就是那个小犹太人
托伊被党卫军带走 他张着嘴
怔望着雅内克
雅内克说 再见了托伊
下次见面的时候 你就会变成
杂货店里的一块肥皂

2017/1/23

伊沙点评：写作17天后便被推荐，也是因为写得好。我在大学教了20多年基础写作学整天给学生讲，写作时尽量用一手材料，二手材料等而下之——但是，只会用一手材料的作者视野有限，所以如何用好二手材料便是一大学问——本诗便是佳例。其一，情感投入一定要加大；其二，写作过程极其讲究别具匠心；其三，要有杀手锏：作者的职业是电影导演，他在诗的尾声推出了一个触目惊心的大特写！

2017/2/11

饺子

侯马

我见到了伟大的狱警
他在除夕给囚犯端去饺子
我也见到了伟大的囚犯
他放着不吃说是没有醋

2016/9/16

伊沙点评：中国纸面上的诗歌批评与诗人私下里话语间的诗歌批评相比，连个影子都追不上，跟圈外人说个秘密：在中国口语诗的核心圈子里，近年颇有“褒唐贬侯”的趋势，唐是谁？你懂的；大家私下不怕警察，你也懂的。但我想，以侯之大人精，岂能不知道？以我所了解的这位老同学的脾气，岂可就认输？他不断用磨尖的剑做出了回应，本诗是他最漂亮的一次亮剑！当置于正月十五为中国漫长的过年来压轴！以满额诗人侯马的杰作，祝全体《新世纪诗典》诗人元宵节快乐！

人类灭绝时

游若昕

恐龙重现日

伊沙点评：放眼诗坛，任何涉及到00后诗人群的书、榜、奖，只要没有游若昕，等于自宣无效，这是游若昕实力使然，是《新世纪诗典》的发现力与传播力使然，不选小游，你们没良心，是她第一个让孩子的诗与大人的诗平起平坐。好的选家，一定要关心诗人的成长，尤其是少年诗人，当我在她的这首诗中看到理性的思考时，我是为她高兴的。

怒吼

星尘小子

从儿子进入幼儿园大班
开始
频繁
今晚是
为了
写家庭作业
1
2
3
4
5
各写两遍。
我说你这样写
长大
只有两条出路
一是在我们小区扫垃圾
二是回老家去种爷爷那五亩地。
想当
黑猫警长
是不可能了
他
皱起了
眉头

伊沙点评：选稿日花絮。世界上真有这么巧的事，我正在读本诗时，我们家来的小亲戚正在外屋通过手机看《黑猫警长》，于是在《黑猫警长》的片尾曲中，我越读本诗越有意思。这是时代的教子篇——如果把不同时代的教子篇连缀起来，便是一部中国的史诗。星尘小子是李异、韩敬源的同级同学，是李勋阳的师弟，当年他也是我香香大盘鸡课外师生聚餐会的座上客，毕业后才开始写诗，也是越写越通透了。

2017.2.14

在这里

从容

一周前我不认识的你
一百年前你是我的情郎

你在海的对岸捡拾坟墓里的玩具
明朝万历年间父亲坐过的木椅
清朝乾隆年间我为你盛饭的碗
抱着我们过去的生活
你：一米七四、七十六公斤
七个月丧父，三岁丧母
用哈达擦拭生活和旧物
每一个细胞裂变成无数真言
不经意间古老的藏文发现了我们

端起宋朝的瓷碗
你说，不可思议
醇厚撞击另一个醇厚
裂纹遇见另一个裂纹
相视一笑的两位天人
竟在不同空间里踏入同一个光波
我为你铺好床单和被子
你在屏幕的那一边，我在屏幕的这一边
你说：一霎那的我们，胜过万年肤浅的生活

伊沙点评：情人节之日的推荐，当然应该是一首情诗，我请出中国目前稀有的纯抒情诗人中最好的一位——深圳回族女诗人从容。纯抒情诗人何以变得如此稀有？一方面是因为传统抒情诗需要改造和发展，另一方面恐怕是中国诗人的惰性使然——任何一种风格，他们都不敢纯只敢泛！中庸使然！因为只要一纯，诗艺上势必要精，要下更大的功夫，对于抒情诗来说，就要正面强抒，投入更大的真情！

2017.2.15

挖井的人

谷驹休

他所爱好的
只是在冰冷坚硬的地上
不停挖掘
制造生活的湿润与甘甜

哪怕全世界的自来水管
已接向了太平洋
哪怕超市货架上的矿泉水
来自阿尔卑斯山

那一锹一锹的下沉里
清凉的感觉把他包围
在被喷涌的泉眼
溺毙之前
他头顶的天空
始终圆满一片

伊沙点评：我是纯口语诗人，但不是唯口语主义者，更不是狭隘口语主义者，正如《唐》是用口语承载其他，《无题》是加强口语的能指，《梦》是在玩口语的超现实。我对其他诗人的在丰富、加强口语诗上的努力也是非常敏感的，譬如本诗，在扩大视野、超现实上都有令人惊喜的表现，写得很有经典感，又不会像意象派超现实诗人那样写糊写飘。

一大碗蓝天

庞华

在华山道观
向一位道长讨水喝
他递来一大碗白开水
我接过的时候
看见水中的蓝天
我一饮而尽

2016/2/5

伊沙点评：过年前应邀为御鼎诗歌奖做终评委，手上有两票可投，读完所有匿名诗只有两首诗被我记住，一首是刘一君的《新世纪诗典》作品，另一首就是本诗，于是我就将我的两张票投给了这两位的编号。后来在万能的朋友圈求助，才知本诗作者是《新世纪诗典》诗人庞华——这真是太好的经历！它在验证我的业务水平和公正程度，我给自己打100分！御鼎奖组委会要求评委投票时写明理由，我当时对本诗作者写的是："口语功底极强，清晰、透彻、有力。"

寻人启事

庄凌

墙角与电线杆上贴的寻人启事
路人都要多看一眼
每次看到我就慌张
丢人
我们的脸都丢光了
儿童不是被要传种的古人拐走了
就是成了街头乞讨的流民
老人多半是忘了家也忘了故乡
今天的地址和环境全变了

那些寻人启事的照片似乎都面熟
像我的老乡与亲戚
上个月在济南经十路
我不小心上了一辆出租黑车
和很多少女一样，至今下落不明

伊沙点评：注意到本诗作者是通过《诗刊》90后诗人大展，印象不错，所以我看她在微信朋友圈抱怨各种年选不选她，我就对她说：发给《新世纪诗典》试试。一来稿，果然选出。本诗于过程中的及物性已经让我充满好感，结尾的出神更让我击节叫好。

2017.2.18

无产阶级的胜利

莫名

法拉利一辆
宾利一辆
路虎两辆
奔驰两辆
宝马三辆
全塞路中间
我庄严肃穆地
站在公交车内
紧贴着窗口
高高举起右手
扶稳
只一分钟不到
就检阅完毕

伊沙点评：《新世纪诗典》里佳话多，我推荐了欧阳子鉴的诗，著名女作家方方在新浪微博感谢我，说欧阳子鉴是她很亲的亲戚，哦，原来也是文二代啊。欧阳子鉴不把自己当外人，自己才1.0，就开始给别人助攻，本诗便是来自他的助攻，感觉真好，路子很正，我很喜欢，这才是90后该写的诗！

1960

王清让

墙父亲抓住了
两个玉米贼

一对年轻夫妻，跪倒在地：
“实在没办法啊！
孩子饿得成夜成夜哭
家里没有一粒粮食了……”

父亲摆摆手
放他们走了
突然，想到了什么
又把他们唤了回来
把掰掉的玉米棒子
捡几穗塞给了他们

伊沙点评：1990年，两德统一，那些在柏林墙下射杀过越境人士的前东德士兵遭到了审判，他们以国家命令为名为自己抗辩，法官说：你们可以把枪抬高一点点——在中国，有没有“把枪抬高一点点”的人？本诗给了我一个答案！诗乃小器，诗仅仅是小器吗？本诗来自“河南王”梅花驿的助攻。

生活从来没给过我温柔

吴荣强

我的左眼
前天切洋葱时
流泪了
另一只
昨晚梦到
母亲来佛山看我
也流泪了
但这两只眼
不是同时流泪
如果是同时流泪
我就知道
我一定是被生活的
某处温柔
感动了
可是
找来找去
只有头上的白发
莫名地
掉了

2017/2/15于南海购书中心

伊沙点评：微信也有它的好处，可以通过人来判断诗，譬如说，一个人读什么书，你大致可以判断他（她）写什么样的诗。本诗作者，我正是觉得他书都读得对，就想看看他的诗，一看果然不错。本主持福建厦门推荐。

自由

彭晓杨

因为战争
主人公饱受各种羞辱
和饥饿的折磨
当他踉踉跄跄
躲进一片废墟里的时候
使我心酸的是一条弹幕
“坚持住
还有三十五分钟
你就自由了”

2016/10/28

伊沙点评：我不反对玩技巧，只是讨厌为玩而玩、玩得生硬。技巧的使用也能看出诗人才华的高低，本诗是玩间离效果的典范，令人惊讶的是，作者竟然出生在1996年。本主持闽南师范大学推荐。

中国好人

曾忠

我决定报名参选“中国好人”
报名点负责人笑着问我
你知道什么是好人吗
听完我转身就走了
一眼看他
就知不是什么好人

2017/2/9

伊沙点评：一首解构之作。不会玩解构的人，把解构看成一招；会玩解构的人，知道解构是一套，其中空间大得很，才华高低，一玩立见。回头看，后现代是中国现代诗必修课，现代诗不到现代为止。本主持闽南师范大学推荐。

2017.2.23

拉萨谣

何训田　张鲁

喝过的美酒　都忘记了
只有青稞酒　　忘不了
穿过的衣衫　都忘记了
只有氆氇　　　忘不了

经过的辉煌　都忘记了
只有酥油灯　　忘不了
听过的歌谣　都忘记了
只有阿姐的鼓声忘不了

走过的路　　都忘记了
只有回家的路　忘不了
去过的地方　都忘记了
只有拉萨　　　忘不了

拉萨拉呀拉依萨
拉萨拉呀拉依萨

伊沙点评：从《新世纪诗典》第四季开始的将优秀歌词当做诗歌来推荐的传统在延续。事实上中国诗坛的这个做法始自我1993年说的一句话：崔健是最棒的诗人！去年鲍勃·迪伦获得诺贝尔文学奖，在中国诗人中最不会莫名惊诧的大概就是本主持。何训田不仅曲作得好，词也写得好，他的《那一世》被当做仓央嘉措的诗误传甚广，是传者的耻辱，却是他的光荣。《拉萨谣》创作于新世纪，是我心中最美的谣曲，无须加之一。

那几年

江湖海

早茶大厅一角
我身边
两个喝茶的老人
聊着往事
一个说，那几年呀
夜夜做恶梦
另一个说，比我好
那几年呀
我夜夜睡不着

2017/1

伊沙点评：前几日，我也通过一首诗表达了与本诗相同的意味：我们中国人，没有忘记过去的苦难，但不是用基督教忏悔式的方法，而是用一种动静很小的念叨，其中未尝不包含着是非、善恶、祈祷、诅咒——中国人的方法就是一首口语诗，口语诗就是最适合表达中国人独特情感的方法。广东水深，暗流汹涌，浊流横行，江湖海者，代表清流，一路向前！

打烂的睾丸生出一大串亲人

邢昊

涂老板回到家乡
有三十多个人
争着来认亲

他心想
当年斗争我爹时
一个比一个狠
把睾丸都打烂了

他光棍儿一条逃到香港
然后领养了我
哪来的亲人呀

伊沙点评：什么是历史？从一个结论到另一个结论；什么是文学？从一段记忆到另一段记忆。当“文革”过去，改革开放初期崇港的阶段也过去之后，是一首诗帮我们复活了两段记忆。不是第一次说了，《新世纪诗典》中埋藏着中国人民的心灵史，因此它本身就是一部多卷体的巨著。邢昊是写这一类诗的高手，又给自己长分了。

2017.2.27

中国人的选举

梅花驿

美国大选期间
许多中国人
和我一样
假装自己
也有选举权
再三权衡
支持特朗普
还是支持希拉里
并在投票日当天
郑重其事的
在心里投下神圣一票

2016

伊沙点评：本诗属于这种情况：公共题材，共同经历，不乏相同发现者，谁抓着就是谁的，谁抢写就是谁的。本诗有一点趋向于高级：被批判的对象中包含我（哪怕现实中并非如此）。口语高手，不怕与他人共写同题材，你写你的，我写我的，个人性决定了不会雷同。

点赞

游连斌

他是一位厅级领导
他点赞
只点到处级
科级的他从来不点
——女儿除外

2017/2/3

伊沙点评：本诗写得太真实了！我上微信较晚，如果在此之前读到本诗，我会怀疑，有这么夸张吗？有这么卡通吗？但在此之后，我完全确信，就这么夸张！就这么卡通！微信，太暴露一个人了，它或许是距我们灵魂最近的一个窗口，它让我们普遍地小丑化了。你在当下怎么活，你就应该怎么写——这才是当代诗的真髓。

故园十六行
——中国之恋

黄翔

一片化不掉的积雪
一段淋不坏的木栅

一团融不散的日晖
一阵吹不熄的山籁

一杯冲不淡的酽茶
一壶倒不光的醇酒

一块哭不完的碑铭
一口渴不死的枯井

一池舀不尽的轶事
一丛长不大的童谣

一粒击不碎的结石
一滴洗不褪的墨迹

一份载不动的眷恋
一种邮不走的情感

一世退不去的高烧
一生降不下的血压

伊沙点评：中国大陆现代诗的又一位先驱者，《世纪诗典》作者，成为《新世纪诗典》第796位入选者的原因在于，我读不到他去国后的新作——是以，当我突然读到本诗并了解到为其近两年的本作时，我是多么兴奋！本诗甚至比作者的高峰期写得还要通透、豁达、高远、从容，真心为老前辈创作不死而高兴，特予以隆重推荐。

错误迟早会成为风景
——“东歪西邪”土楼记

代顺丽

其实，一开始
我不想歪
没想到错误地
歪了七百多年
之后，我成为风景
如果，你现在
让我从歪中
变过来，那
绝对是一个错误
不过，这个错误
迟早又会成为风景

2017/2/22

伊沙点评：本诗是不久前漳州之行中唯一的订货，作者是闽南师大的一位女教师，她陪我去参观土楼，在现场写了本诗。她在夜晚的校园里念给学生听时我也是见证者，此行中我也写了同题材，录于此作为阅读时的参照。《元代土楼》：现存最古老的土楼/是元代建的/房梁全是歪斜的/接待过国内外政要的/名导游老简说/是没建好/遭到楼主人/卖茶叶的大姐/强烈反驳：/什么呀/是师傅教徒弟/怎么盖能出名/你们就怎么盖。

欠费人员名单

秦原姑

国关院送来一张纸
上面是整个院系学生名单
缴了费的和没缴费的名字混在一起
为了说明情况
几条亮红色的删除线
在白纸黑字上鲜明如血
——
这个学生出国
这个学生转院
这个学生休学
这个
已故

伊沙点评：本诗作者是西安外国语大学在读硕士生，我带过她课，见过其面，未读过其诗。只是在第七届招商银行杯全国大学生征文大赛获奖名单发布时，我看到她的名字，才问安琪要了她的参赛诗，并从中选出本诗。至此，新世纪以来最强大的诗歌院校——西外大军团又增添了一员女将。本诗乃典型的“事实的诗意”，发现，抓住，写下，就错不了。

2017.3.4

种子

余金鑫

逃荒路上
儿子背着病弱的母亲
一头栽倒在
饥饿的天空下

醒来
光山北向店老乡
在屋旁为母子搭上草棚
一家送来一碗米
还有女人们鸡汤样的话语

1964年春夏
一对新蔡母子
在光山民间修行
每一个春日惊魂动魄
每一个夏夜心潮难平

弯下腰
告别光山的秋天
接过老乡们赠送的黄豆种子
一对母子
从结痂的伤痕上走回新蔡

黝黑的儿子

又一次

在光山北向店的秋天中露出头来

一身汗水

扛着一大麻包黄豆

一家一瓢

还有

一家一团滚烫的

母亲在新蔡不停地问候

伊沙点评： 诗中两三处明显的修辞运用，说明本诗并非纯口语诗，本诗作者也并非纯口语诗人，尽管本诗会被不懂口语诗者认为是口语诗——但这不是我选与不选的依据，我的依据是他（她）在自己的风格上完成得怎样。这样一首微叙事诗（并非口语诗），情感充沛，视野开阔，才是我选择它的理由。

第十二辑　有些真相说出来并不美好

几十年上百年之后
等我们都成了灵魂
回想今天的聚会
也就是一堆魂灵
拎一把骨头

——南人

2017.3.5

谎言

韩颖

石榴终于熟了。它炸开的红被我穿在身上
一些鲜艳的事件开始暗下来：
首先是青花和心脏
然后是大片大片的铁锈

窗台上陈列着古老的谎言。是关于光明的
日子已经滑过竿头，我跻身时间的缝里
盯着路过的青菜和活鱼
一句话也没说

天黑了，母亲弯腰的时候
山上的那枚月亮以嫁娶的姿态谈论着我

伊沙点评：这是《新世纪诗典》开办以来的第2162天，这是《新世纪诗典》推荐的第800位诗人。我自然选稿又精心安排了今天的推荐，其一，本诗作者生于1996年，是在校大学生；其二，你们有多久没有读到过如此鲜活精妙的意象诗了？那些功成名就的意象诗人还有或者曾有过这种能力吗？我的安排意味深长。

2017.3.6

燕山林场

霍俊明

当我从积重难返的中年期抬起头来
燕山的天空，这清脆泠泠的杯盘
空旷的林场，伐木后的大地木屑纷纷

那年冬天，我来到田野深处的树林
确切说面对的是一个个巨大的树桩
我和父亲坐在冷硬的地上，屁股硌得生疼
生锈的锯子在嘎吱的声响中也发出少有的亮光

伊沙点评：本诗吓了我一小跳，因为它迥异于我印象中的霍俊明——作为当代活跃的知名的诗评家，其诗是趋向于“泛”和“杂”的，忽然来了高纯度的一首，所以吓了我一小跳！这似乎是趋向于罗伯特·弗罗斯特、加里·斯奈德式的精纯。这么写多好，诗评家为诗，须忘了自己说过什么。

给年轻的父和它们

唐果

我亲爱的孩子
与它们和你相比
我是要老得多
尽管在梦中
我曾称你为：年轻的父

屋子里的你，十九岁
墙壁，十岁
沙发，两岁
薄被，十八岁
清道夫，八岁
壁虎，半岁
蟑螂，才二个月大

屋外的花草树木
最年轻的要数那含苞的花
它还在娘胎里
头顶的树叶，三个月
杨桃树，七岁
就是不知那炫目的太阳
贵庚几何
看上去跟你一样
是个热力四射的小伙

2016/4

伊沙点评：唐果有个杀手锏：物我合一。本诗又是这个向度上的佳作。云南边陲，在诗歌上易出野心家，多为文化上不自信之徒，在植物长得比人高大的彩云之南，大搞文化战略往往更显滑稽，利用云南的自然搞文化战略就更显得蹩脚。唐果的质朴、本分与适度，让她更配得上美丽的灵性的云南。

2017.3.8

标签

莫沫

在我的语境找个标签
不是个容易的事情
查字典看书
寻找的过程特别慢
慢得你们都受不了
语言这个母亲
我没有

也没关系

我选择标签
说我的语境
传达不了的
那些
留给空中
和眼皮底下的
自己

伊沙点评：值此三八国际妇女节，我特邀美联社驻京记者、秘鲁女诗人莫沫女士为全世界用中文写作的女诗人祝贺节日！好像是面对我的《母语》一诗，莫沫曾感叹过她母语不明，在本诗中她把这种感受写成了金句：“语言这个母亲/我没有”——正因母语不明，她才能够精通英、法、西、中四种语言，她用如此流利、精准、地道、干净的中文写着如此现代的诗，堪称奇迹——我庆幸，《新世纪诗典》把这样的奇迹留在自己的史册中。

蝙蝠在我的屋里飞来飞去

蒲永见

今天上午在街上
看见送葬的队伍
冒雨前进
我和广大行人
都没什么异样的表情
死人的事是经常发生的

有些事情
尤其是一些司空见惯的事情
不去想，灵车一样
过去了也就过去了
想起来才觉别有滋味
比如此时，晚上十点
我正坐在桌前
用文字对付平凡的时光
一只蝙蝠
在我的屋里飞来飞去
灯是亮着的
窗户是开着的
我却毫无办法将它赶走
听凭它骄矜的翅膀
在苍茫的人世
自由飞翔
这一场景

让我看见离不开泥土的人类上午发生的事情
使我不禁黯然神伤

伊沙点评：我对有才能但又投入不够的朋友最爱说的三个字就是：要多写。对本诗作者蒲永见，我会见一次说一次：要多写。用不着等到七老八十，六岁时我们就会明白，除了手中的诗，除了好诗，一切皆浮云。

2017.3.10

喝到假酒

韩敬源

学生王婷
在束河古镇开了一家客栈
王家新、吉木狼格、朵渔、耿占春等
参加丽江官方文学活动结束后
聚于此地
激动的女学生
买来二锅头
据说第二天
他们纷纷喊头疼
一致认为
喝到了假酒
当我和摆丢及李勋阳
坐在同一现场
朗诵布考斯基
谈论诗歌时
情况有点不同

2017/1

伊沙点评：本诗最大的优点就是有态度并且敢于亮态度，怎么活怎么想怎么写。本诗作者是典型的谦谦君子，这与有态度、亮态度丝毫不矛盾，甚至是统一的——作为一名合格的现代人的统一。在这个诗坛上，当你亮态度时，一定会有庸俗人说：何必呢——我的回答是：何必何必呢！

人身上全是名牌

刘川

这群人身上
全是名牌
衣服、裤子
背包、手链
领带、袜子
手机、相机
手表、裤带
内衣、内裤
护肤品、香水
发胶、口红、指甲油……
总之，他们身上
全是名牌
这些名贵的牌子我全认识
这群人
我一个也不认识

伊沙点评：刘川是佛教徒，又写古体诗。我总是隐隐担心他在诗的现代性上会不会生变，读其一组新作后放心了，本诗便是从中精选出的一首。本主持北京推荐。

晚年

张玉明

我背着红色的灭火器
爬上火山口

伊沙点评：张玉明是我和老G在新世纪初于“唐”论坛上发现的诗人，他本来是个抒情诗人，后来自觉向口语诗转移——作为口语诗人的张玉明变成了一个技术主义者，失去了原有的真气——这大概是他近年在推荐的频次上停滞的主要因素。一个诗人的综合实力中一定包含着一种平衡能力。

茶古教堂

张明宇

教堂建在海边
海边有个养鸡场
鸡场名叫天堂
天堂里的这些小家伙
一个个迈着沉稳的步子
闯入我们的镜头
以至我们在鸡汤面前
喃喃自语
像在忏悔

伊沙点评：张明宇经历了一个不算短的低潮，甚至让我怀疑他中学老师的职业对其诗有影响，譬如说，凡事必有结论。是一段更早时候出国旅行的经历把他拉了出来，证明的是“行万里路”的价值。本主持北京推荐。

2017.3.14

缩小

人面鱼

“X国客机
坠毁
暂未发现
中国人”

“台湾客车
翻车
暂未发现
大陆人”

“X省客车
翻车
暂未发现
X省人”

暂未发现
“暂未发现
X市人”
“X县人”
“X乡人”

伊沙点评：人面鱼的诗，每次见都很好，几乎都能达我的标，但见到的次数很少，是写得少，还是投得少？是平时不写，偶尔为之；还是一直在写，精挑细选？我也不知道，这说明什么呢？对同行与读者而言，写得坏与没有写是一样的，就这么残酷——这个世界，没人听你解释：我缺席的理由。

书的妙用

大九

每次穿过二轻巷回家
一排排小旅馆暧昧的门窗内
按摩女敲击玻璃的暗示
会渐次响
起

我在一次偶然中发现
只要在腋下夹本书
那些撩人的暗示就会自动凋落

2017/2/15

伊沙点评： 空谈理论很无聊，咱们都别揣着经验装糊涂，什么是现代诗？这就是现代诗！这就是作者大九来自内蒙古最缺的一种诗！毫无疑问，大九是内蒙古最现代最先锋的诗人，他仅凭这一首诗就可以超过我尊敬的歌王腾格尔半生的歌，因为前者是创造，后者是重复。由此看来，写出优秀的现代诗就是对故乡、对国家、对民族最大的贡献。

2017.3.16

异乡人

陈铭华

去西贡，他们说我的越南话有北圻口音；去北京，他们说我的普通话有南方口音；去台北，他们说我的普通话是以前的广东官话；去香港，他们说我的上府话有东南亚味道；回美国，他们说我的英语四不像……他们让我疑神疑鬼。写分行的诗，担心被当作诗歌朗诵；拉行李箱在上水站下车，害怕被围住查水货；穿大衣过洛杉矶海关，赫然惊觉自己已幻变成入境产子的孕妇。

我如今连面对电脑，都不会自言自语了。但乐得眼神迷离，享受以手指触碰荧屏的冰冷沟通状态。

伊沙点评：《新世纪诗典》第六季已进入最后20天的冲刺阶段，快六年了，这是我首次推荐散文诗或曰“不分行体”。对散文诗我比较保守，坚决厘清散文诗与诗性散文，譬如，鲁迅的《野草》是后者而非前者，想靠它抬高新诗高度的是外行人。陈铭华是越南华侨，西贡沦陷或解放时，举家跑到美国，他的散文诗学的是商禽——而商禽是中国新诗史上最好的散文诗人，代表着散文诗的标准。本诗是一首合格的现代散文诗，散文诗与诗性散文最大的区别，是语言的螺丝是拧紧的。

2017.3.17

醒来

张文康

趴在桌子上睡觉
突然
醒来
我没有做梦

桌子也刚刚醒来
它梦见
多年以前它还是一棵树的时候
它正在睡觉
被伐木工人
一斧子
劈了下来

伊沙点评：《新世纪诗典》快六年了，这一路走来，有人走得潇洒从容，有人走得气喘吁吁，区别何在？要看你的人，是否支持你的诗，人不现代，诗如何现代？这不单单是个写作问题。本诗最现代的一点就是物我平等意识，作者是来自北师大哲学系的90后帅哥，我一点都不觉得奇怪。

2017.3.18

无题

王立君

观察室里
每张床都是白的
护士是白的
病人是黑的
一对情侣在说话
他们饿了
后来
一个送外卖的人走进来
是红色的

伊沙点评：一首用颜色写成的诗，像顾城某首诗（“两个孩子/一个鲜红/一个淡绿”）的升级版，但说不定本诗作者并没有读过那首诗，是时代的变迁、观念的进步、事实的诗意让诗自行升级了。“三天不学习，赶不上刘少奇”（毛泽东语），北京之行中，我发现不读《新世纪诗典》的人，谈不了当代诗，他们像是时间冰箱里的冰冻人。

2017.3.19

出征

赵琼

那天，队伍就要从
村里开走
跪罢了爹娘和老屋
他没回头，也没张口
一把战刀，被他拎着
每走一步
都要在身后
一下一下地挥舞

二爷说，三爷那是在
自断后路

2016/10/20

伊沙点评：前几年我在推荐语中感慨过，《新世纪诗典》诗人司法系统的多，现役军人少——一谈便有所改观，如今现役军人已经从一变成了三，并且貌似全都来自空军。本诗来自女诗人安琪的助攻，刚看“芳名”，我还以为是早年的先锋女诗人赵琼杀回来了。本诗写得好，也可堪称最好的军旅诗。

站立的牛

简天平

牛眼里被塞了一片辣椒
痛让牛无法躺下
一直保持站立的姿势
这样卡车上就塞进了更多的牛
集体站上三到四天
到达终点
一个叫做屠宰场的地方

2017/2/19

伊沙点评：沈浩波带了一个诗歌班，有多位同学参加了3.11“磨铁读诗会”《新世纪诗典》专场，本诗作者简天平是当晚表现最出色的一位，甚至闯进了最后的五强决赛。我在当晚现场点评本诗，强调了诗的知识性，它让我掌握了一个我此前从不知道的知识，加剧了我的疼痛感。

2017.3.21

河

吉尔

我们这儿
每年都有人跳河
报纸里说
女性偏多
统计依据是
捞上的高跟鞋

伊沙点评：还是3.11“磨铁读诗会”《新世纪诗典》专场的现场订货作品，还是沈浩波诗歌班学员。我个人非常喜欢本诗，喜欢它以“无理”的态度写“无理”的现象，批判的是社会的冷漠。我相信沈浩波诗歌班最终会成果丰硕，最大的因素在于内行的老师会指引学生少走弯路。

2017.3.23

徐娘曲

阿毛

不知不觉就老了
叫自己徐娘

或
老女人

但不用年轻女子的
恶毒语气

而用母亲的无助和
慈爱

你看紫玉兰要开了
世界又年轻了

青色的旧衣缀着
满天星

而你们
你们都是我所生

伊沙点评：我初读本诗的第一反应竟然是三个字：先锋诗！在中国，先锋被大而化之了，有“先锋诗人”这一说，好像某一路已经锁进“先锋”的保险箱似的；在中国，先锋还被政治正确了，好像有一种公式，先锋=年轻人造老人的反——阿毛说，不，我就是老了，怎么着？这才是真正的先锋意识。按上述大类归，她属于不先锋的“抒情诗人”。所以，先锋不先锋，咱们点上看，一首诗一首诗地看。

另一个母亲

石峰

为母亲领取老年证
照片上的人
明显不是我妈
他们说
如果去更换
至少六个月
每月补助的一百元
一分也拿不到
于是我默默地认下了这个妈

伊沙点评：京痞文化成全了小说和电影，因有王朔及其点通的冯小刚，却没有成全诗，阿坚没能做大——现在这条大道摆在1989年出生的石峰面前：你是最有条件走的，不要小看自己。只有行大道者，方能自重起来。

2017.3.25

1966

杜思尚

我们正为一部“文革”电视剧争论不休
快要睡着的姥姥 突然睁开眼睛
说起五十年前的一天晚上
她回家时 经过武斗现场
被误当成 通风报信的
枪声爆竹一样 在耳边呼啸
她在前面跑 子弹在后面追
一路上 牙齿止不住地磕碰
跑到家时 发现 一颗牙掉了
我们都扑哧一声 笑了
女儿说 姥姥
我被你逗得牙都笑掉了
姥姥慢慢掀起白发
大家看到伤疤
都不笑了

2016/10/31

伊沙点评：本诗作者杜思尚，第一次推荐时叫老肚，是磨铁读诗会上发现的。磨铁读诗会才做了寥寥数期，发现的好诗人却不少，令人惊叹但也不必太惊。这诗人啊，就像森林中嗅觉最好的动物，一闻味儿，就知道同类在哪里，《新世纪诗典》是现代诗人的乐园。

参加某国际交流合作研讨会

冈居木

饭桌上
三个专家教授
在谈论自己的孩子
一个说在英国
一个说在瑞士
一个说在加拿大
然后问我
我说在德州
他们异口同声
——美国
我说，中国德州

2017/3/1

伊沙点评：好玩、好读、开心！——诗，不需要这样吗？我所理解的诗，是需要这样的！昨晚在长安诗歌节第263场，我对同仁诉说自己的心迹：我成熟的写作是从后现代主义出发的，烦现代主义（更别说浪漫主义）不是一天两天了，为了当好编选家，还得向现代主义做出让步，因为它们暂时还在“现代诗”的范畴内。回到后现代主义，诗当然要写得好玩、好读、开心！这还用说吗？开不了我的脑洞，谁有耐心读你（中国式蠢读者正好相反）。

理发

张小云

在地安门二爷那儿理板寸
二爷是从不给洗头的
他说自从他老爷子解放前在槐树下理发
他们家就没有这个规矩

我就转到挂着板寸王招牌的店里去理
理到一半店老板夫妇俩打起来
把我这位唯一的顾客给轰走了

男主人说
自从他老爷子解放前在槐树下理发
他们家一吵架
客人就须劝架这是个规矩
今天就你一人
你丫不劝架
我们怎么收场

伊沙点评：所谓“第三代”真是一代奇葩，其中少有能够交往的正常人，张小云便是这少有者之一，赢得了我的尊重……这或许跟他们诞生于大小运动有关？一个福建人在北京客居久了，竟也能够写出纯正的北京味道，有人倡导“地方主义”，还是先别主义了吧，绝大多数的诗人连地方性都不具备，地方味道都写不出来。

改革

吾桐紫

单位办公楼
后面的
篮球场
变成了
停车场

2016/5/9

伊沙点评：吾桐紫最得意的作品是游若昕，她也从不放松自己的其他作品。本诗抓得好，这种现象在目前的中国是普遍的，见惯不惊，便无人抓。我还欣赏它的政治不正确：改革带来的全是好东西吗？这里面的信息量非常丰富，现在孩子的体质不一定有改革前好，为什么？本诗给你答案。

致女儿书

李东泽

对不起
我的小天使
昨天我在你面前
踢了一棵树

2017/3/11

伊沙点评： 本诗是李东泽的6.0，距其上一轮推荐（5.0）过去了1081天——我不知道是不是纪录，但真是相隔太久了！《新世纪诗典》反映的是诗人真实的写作状况，李东泽确实经历了一个不短的低潮期，最大的问题是太有结论、句句是结论、从结论到结论，本诗终于回到了本真，我希望他的这段低潮期就此终结。

碑林

杨艳

众多石碑上
总有几个字
被摸得
特别光滑
那是
发
红
火
上
也有例外
那是一个
女性作者
的名字
也被摸得
特别光滑

2016/7/27

伊沙点评：惊人的发现能力！现代诗已经进化成一扇一扇小窗口，其中一扇窗就是看你的发现能力——有的人个人发现能力为零，竟然也当了一辈子诗人，靠什么写？集体无意识或变相抄袭他人发现，再加上一点文字的障眼法，但绝对逃不掉我的火眼金睛。杨艳是有爆发力的，并且在表现中懂得控制。

2017.3.31

1977年

乌城

我出生
父亲去乡下买鸡蛋
为母亲补充营养
回来路上
遇上民兵设卡检查
鸡蛋被没收
说是割资本主义尾巴
严禁倒买倒卖
父亲不甘心
到村里
找到一个远房亲戚
请他帮忙把鸡蛋要回来
亲戚回来说
有个民兵老婆也坐月子
鸡蛋只能要回来一半

伊沙点评： 我们的诗人在用诗书写当代中国的编年史——我保留出书的创意，你们不要偷，因为你们编不好。本诗好就好在结尾，不是要不回来，不是全要回来，而是“鸡蛋只能要回来一半”。更多的，不解释。

有些真相说出来并不美好
——为磨铁“诗来闹春”诗会即兴而作

南人

几十年上百年之后
等我们都成了灵魂
回想今天的聚会
也就是一堆灵魂
拎一把骨头
开车坐车骑摩拜单车
从四面八方赶来
席地坐在水泥、塑料和石块上
听几把老骨头
敲击自己的头骨琵琶骨棒骨排骨
鼓捣出一些
咯吱嘎巴的声响

2017

伊沙点评：南人久违了！他的上一次推荐是在2015年7月。眼瞅着就要“掉书”，他用本诗抓住了第六季的最后时刻，依然是长青藤诗人——由此可见，永葆长青，多不容易。在诗会上写即兴诗，是南人的特长，他在这一点上，走在了时代的前面，现在在网络时代的深处，我等才慢慢抵达，由此可见，传统写作教育也是一根绳子，会捆住我们。

小别墅

图雅

景区门口
人山人海
我不想进去
就让他带我去宾馆别墅区散步
掩映在山林间
一座座玲珑的小别墅
真是惹人爱
我说有人住吗
他说有
都是干坏事的
带情人的
聚赌的
贩卖毒品的
还有不知道搞什么名堂的
房间里有很多
被碎纸机绞碎的纸

2017/2/1

伊沙点评： 图雅的创作有部分无解，她的一般诗真是一般，甚至常有新诗之嫌（险），从创作总量算，好诗也不多，但其好诗却特别好，甚至又是先锋的好。我只能对她说：你按照你的节奏来。有的诗人大概就是为了个别名篇而生而活而存在的。本诗妙在切入的角度。

2017.4.3

眠

徐江

我睡着了
月光在外面空地上
无声跳着舞
抚摸她自己

伊沙点评：徐江是第六季头条诗人，以《布鲁塞尔挽歌》来了一个“高开”，后两轮则显平了，我想跟他后来再次伤腿出门不便有关，行遇阻，与物相遇便受阻，诗中形与象便趋弱，言大于形，词大于象。所以，不久前在北京，看见他又能出行，比其能否订货更重要。本诗属于意象诗，妙在空灵，让我想起我译的默温的两句：“流水流过/自身修长无垠的纤纤十指。”

2017.4.4

事实的诗意

伊沙

三八线
不是一条线
它有4公里宽
南北朝鲜划定的
非军事区
60年过去了
成为世界上
最成功的动物保护区

伊沙点评：我以《新世纪诗典》最低线作为自己创作的最低线，即便如此，每次面对自己的诗，我也是严挑细选——基本上等于放弃了自选。我早就说过，选家选自己的诗要有眼色，要看他人的脸色。本诗是很长一段时间以来我被选、被赞最多的一首，我在此顺势而推。诗中的知识我早掌握，但直到去年5月去了趟韩国方才写出，此后朝鲜半岛急剧恶化的形势又为同行、读者理解它提供了帮助，情况就是这样。再见，《新世纪诗典》第六季！

附录一　《新世纪诗典》第六季推荐表

日期	篇目	作者（所在地）
4月5日	《布鲁塞尔挽歌》	徐江（天津）
4月6日	《附近的人》	黄海（陕西）
4月7日	《在圣方济各圣堂前》	沈浩波（北京）
4月8日	《仪式感》	春树（德国）
4月9日	《刺》	苇欢（广东）
4月10日	《潜伏》	邢昊（山西/北京）
4月11日	《咱村里就没有不会划拳的》	王有尾（陕西）
4月12日	《在马来西亚的云顶赌场》	如也（广东）
4月13日	《一只蚂蚁的身高》	阿文（天津）
4月14日	《霜降之夜》	里所（北京）
4月15日	《这首诗应有人懂》	朱剑（陕西）
4月16日	《曼谷的乌鸦》	图雅（天津）
4月17日	《大台》	江湖海（广东）
4月18日	《灯绳》	侯马（北京）
4月19日	《愚人节，我默默拉黑了一个长得很漂亮的学妹》	左右（陕西）
4月20日	《什么在响》	蒲永见（四川）
4月21日	《街檐边的老人》	蒋雪峰（四川）
4月22日	《采风》	马培松（四川）
4月23日	《三个基督徒到医院探望一位病友兄弟》	君儿（天津）
4月24日	《中国秘密》	宋壮壮（北京）
4月25日	《我正在看白蛇传》	康蚂（天津）
4月26日	《在路边小摊买猪头肉》	王那厮（北京）
4月27日	《与我们无关》	沙冒智化（西藏）
4月28日	《女人容易被原谅》	冈居木（山东）
4月29日	《夜晚把我的房子变成宫殿》	杨于军（广东）
4月30日	《为什么总想起死去的人》	唐小米（河北）
5月1日	《为了一份黑椒牛柳饭》	千夜（上海）
5月2日	《死了吧，死了好》	李荼（北京）
5月3日	《父亲》	从容（广东）
5月4日	《两只骷髅的爱情》	芽子（陕西）
5月5日	《台湾地震时》	张甫秋（天津）
5月6日	《养老院里的客人》	唐欣（北京）

5月7日	《父爱》	潘洗尘（云南）
5月8日	《我是被母亲惯坏的》	公子琹（湖北）
5月9日	《无题》	李勋阳（云南）
5月10日	《有时候你们全在，有时候一个都不在》	韩敬源（云南）
5月11日	《死海的石头》	苏不归（上海）
5月12日	《梦境：烧钱》	白立（陕西）
5月13日	《隔壁的喇叭》	桑格尔（四川）
5月14日	《裤衩》	王犟（山东）
5月15日	《看女儿玩俄罗斯套娃》	何文（四川）
5月16日	《寻狗启事》	赵斌（四川）
5月17日	《上升的和落下的》	王国平（四川）
5月18日	《错过》	马非（青海）
5月19日	《在一家咖啡馆的墙壁上看到的电影海报》	吴雨伦（北京）
5月20日	《箱子里的耶稣》	西娃（北京）
5月21日	《星星》	西毒何殇（陕西）
5月22日	《改名字》	梅花驿（河南）
5月23日	《清晨看到的蜘蛛网》	独禽（甘肃）
5月24日	《梦里回家》	马海轶（青海）
5月25日	《最小的字被刻在头发丝上》	马丁（北京）
5月26日	《母亲、杏花与麦子》	鱼浪（甘肃）
5月27日	《路过二丫的家/我朝她家的窗口望了一眼》	独扎（浙江）
5月28日	《铡草》	马菊芳（天津）
5月29日	《妈妈不知道母亲节》	东森林（江苏）
5月30日	《难掩悲伤》	艾米（澳大利亚）
5月31日	《梦》	王林燕（新疆）
6月1日	《虚惊一场》	游若昕（福建）
6月2日	《在寺庙》	李异（海南）
6月3日	《亲戚》	蒋涛（北京）
6月4日	《宾州松塔小镇中餐厅》	洪君植（美国）
6月5日	《无题》	蛮蛮（陕西）
6月6日	《拿下》	庞琼珍（天津）
6月7日	《为影子的一生》	李宏伟（北京）
6月8日	《采风》	张侗（山东）
6月9日	《出门》	叶子（陕西）

6月10日	《父亲》	庞华（江西）
6月11日	《爸爸生日里的石头》	李海泉（陕西）
6月12日	《小镇上》	游天杰（广东）
6月13日	《妻子说》	张首滨（云南）
6月14日	《发狂的平衡车》	林春宇（广东）
6月15日	《吊篮上的红布带》	诗者（甘肃）
6月16日	《敲门》	二月蓝（重庆）
6月17日	《梁奇伟》	韩东（江苏）
6月18日	《玩伴》	艾蒿（陕西）
6月19日	《破坏悲伤犯》	潇潇（北京）
6月20日	《神降临的小站》	李少君（北京）
6月21日	《井》	卧夫（北京）
6月22日	《我们的土豪老板》	林火火（江苏）
6月23日	《我不知道了》	薛诗虞（江苏）
6月24日	《我并不知道》	玉珍（湖南）
6月25日	《脾气》	吴少东（安徽）
6月26日	《牢骚》	雪克（广东）
6月27日	《阴历》	李卫华（陕西）
6月28日	《同种不同宗》	方糖（广西）
6月29日	《老科恩还在写诗》	安遇（四川）
6月30日	《无题》	孙秋臣（北京）
7月1日	《烧醒》	严力（美国/上海）
7月2日	《成吉思汗的部队没有粮草官》	轩辕轼轲（山东）
7月3日	《老人》	濮建镇（浙江）
7月4日	《失眠》	大九（内蒙古）
7月5日	《尾气》	赵思运（浙江）
7月6日	《嫁接法》	莫渡（甘肃）
7月7日	《捷克和斯洛伐克》	起子（浙江）
7月8日	《一个在高考期间听来的故事》	卢宗保（浙江）
7月9日	《菩萨》	王单单（北京）
7月10日	《小鸟与水果》	唐果（云南）
7月11日	《老且霾》	宇向（山东）
7月12日	《灯绳》	游连斌（福建）
7月13日	《黑女人的声音》	黄燎原（北京）

7月14日	《远近》	沈木槿（广东）
7月15日	《本相》	李敢（四川）
7月16日	《村会》	曾涵（内蒙古）
7月17日	《姐姐》	任少云（浙江）
7月18日	《王二棍》	韩德星（浙江）
7月19日	《空》	李成（内蒙古）
7月20日	《草原》	洪启（广东）
7月21日	《离群索居》	乜人（广东）
7月22日	《软和硬》	李岩（陕西）
7月23日	《首尔街头每根烟都是中国人的杰作》	安琪（北京）
7月24日	《重要的事情说三遍》	还非（福建）
7月25日	《牛奶点滴》	闫永敏（天津）
7月26日	《恐怖分子》	维马丁（奥地利）
7月27日	《新的住宅小区有没有丧事》	瑞箫（上海）
7月28日	《选民证》	大友（江苏）
7月29日	《亮虫儿》	袁勇（四川）
7月30日	《下雪了》	这样（浙江）
7月31日	《黄米凉糕》	石峰（北京）
8月1日	《阴》	李伟（天津）
8月2日	《坐骑》	宋雨（新疆）
8月3日	《没想到》	乌城（北京）
8月4日	《南海仲裁日》	赵立宏（山西）
8月5日	《把他挂在风雨中》	杨艳（福建）
8月6日	《老有所谋》	袁源（陕西）
8月7日	《偷听》	卓仓果羌（广东）
8月8日	《六月的冰雹》	吴猛（北京）
8月9日	《音乐？语文》	张心馨（山西）
8月10日	《蓝天》	伤水（浙江）
8月11日	《首尔街头的独臂老人》	冰峰（北京）
8月12日	《排队》	陈亚美（北京）
8月13日	《哦，后来呢》	杜思尚（北京）
8月14日	《做人还是做神？》	张锋（海南）
8月15日	《童年记事》	陈云峰（陕西）
8月16日	《无题》	园旗（山东）

8月17日	《肉体新鲜》	刘一君（北京）
8月18日	《无题》	张二棍（山西）
8月19日	《行为艺术》	沙凯歌（湖南）
8月20日	《父亲的生日》	唐晴（宁夏）
8月21日	《金炫》	张小云（北京）
8月22日	《观察一滴水》	杨森君（宁夏）
8月23日	《母亲节》	石薇拉（广西）
8月24日	《罗盛教》	叶臻（安徽）
8月25日	《突如其来的暴雨》	东岳（山东）
8月26日	《信仰石头》	德乾恒美（青海）
8月27日	《墓碑》	了乏（山东）
8月28日	《黑佛》	庄生（广东）
8月29日	《选举》	三个A（广西）
8月30日	《剃狗毛》	湘莲子（广东）
8月31日	《冰岛》	伊沙（陕西）
9月1日	《对不起》	左右（陕西）
9月2日	《三月》	朱剑（陕西）
9月3日	《110》	王有尾（陕西）
9月4日	《午夜小区》	黄海（陕西）
9月5日	《基督教》	西毒何殇（陕西）
9月6日	《故乡》	艾蒿（陕西）
9月7日	《困惑》	君儿（天津）
9月8日	《死的地方》	马海轶（青海）
9月9日	《梦境》	白立（陕西）
9月10日	《我发现自己有邪恶的力量》	图雅（天津）
9月11日	《恐惧》	李异（海南）
9月12日	《在图书馆》	谷驹休（上海）
9月13日	《所以》	茗芝（广东）
9月14日	《手谈》	简明（河北）
9月15日	《阿莲的父亲下葬时，她正在打一只苍蝇》	李柳杨（北京）
9月16日	《远眺卡拉瓦乔20岁的脸》	任洪渊（北京）
9月17日	《夜行列车》	侯马（北京）
9月18日	《排队》	徐江（天津）
9月19日	《夏日追忆》	桑克（黑龙江）

9月20日	《自从十几年前当时还是我女朋友的妻子不再给我做饭》	沈浩波（北京）
9月21日	《来自幼儿的观察》	里所（北京）
9月22日	《保持干净的卫士》	张甫秋（天津）
9月23日	《完美感觉》	吴雨伦（北京）
9月24日	《为什么》	马非（青海）
9月25日	《头颅与美酒》	马拉（广东）
9月26日	《炒雪》	戴潍娜（北京）
9月27日	《写诗》	老刀（广东）
9月28日	《虚幻的美》	大月亮（湖南）
9月29日	《测绘工人》	舍利（陕西）
9月30日	《一个男工人》	宋丁丁（广东）
10月1日	《我的爱》	潘洗尘（云南）
10月2日	《亲爱的身体》	旻旻（广东）
10月3日	《官员请客》	陈衍强（云南）
10月4日	《贵妇还乡》	蒋涛（北京）
10月5日	《最安全的地方》	笨笨.S.K（陕西）
10月6日	《完美》	海青（山东）
10月7日	《假发》	第广龙（陕西）
10月8日	《避雨》	宋壮壮（北京）
10月9日	《鼓掌》	邢昊（山西/北京）
10月10日	《别墅》	江湖海（广东）
10月11日	《在自然博物馆》	二月蓝（重庆）
10月12日	《晚餐后》	林白（湖北）
10月13日	《发誓》	罗官员（云南）
10月14日	《让子弹飞》	李文俊（内蒙古）
10月15日	《跑步》	赵俊杰（广东）
10月16日	《听墙根》	赵献民（河南）
10月17日	《终于到来的寂静》	唐欣（北京）
10月18日	《怀念外公》	唐思飞（美国）
10月19日	《我在等谁》	阿吾（广东）
10月20日	《旗手》	梅花驿（河南）
10月21日	《太监当道》	李勋阳（云南）
10月22日	《谈论命运时要关好门》	韩敬源（云南）
10月23日	《世界》	苇欢（广东）

10月24日	《袜子塔》	马菊芳（天津）
10月25日	《老腊肉》	庞琼珍（天津）
10月26日	《我真心爱过一个人，叫：》	从容（广东）
10月27日	《名字》	蛮蛮（陕西）
10月28日	《现在有人问起，我只呵呵一笑》	孙成龙（云南）
10月29日	《槐树》	刘季（江苏）
10月30日	《哈哈大笑》	李景云属（河南）
10月31日	《举报》	平林新月（海南）
11月1日	《保持硬度》	严力（上海/美国）
11月2日	《羊眼》	西娃（北京）
11月3日	《在柏林看到“中国工商银行”几个字想念我的汉语》	春树（德国）
11月4日	《金中都遗址公园中国好诗第二季发布会上沈浩波如是说》	安琪（北京）
11月5日	《女厕所的修理工》	易小倩（北京）
11月6日	《清晨》	起子（浙江）
11月7日	《出租车司机》	康蚂（天津）
11月8日	《地球的瞬间生活》	刘一君（北京）
11月9日	《宾夕法尼亚出产》	洪君植（美国）
11月10日	《一幅画》	冰峰（北京）
11月11日	《在童年》	刘德稳（云南）
11月12日	《母亲是块责任田》	张喆（广东）
11月13日	《一袋米》	能水（广东）
11月14日	《和一艘旧船对视》	易巧军（湖南）
11月15日	《世界安静得如同一只报废的钟表》	崔可兮（广东）
11月16日	《所有木头都开口了》	湘莲子（广东）
11月17日	《现场直播》	李岩（陕西）
11月18日	《十月二十九日凌晨五点在滇西推开窗户/看到一棵柿子树和一棵梨子树》	摆丢（上海/云南）
11月19日	《广场舞》	游若昕（福建）
11月20日	《在十字路口》	游连斌（福建）
11月21日	《和婴儿说话的人》	张执浩（湖北）
11月22日	《失败里有美好》	路也（山东）
11月23日	《呓语》	小麦（甘肃）
11月24日	《伤晨》	庞华（江西）
11月25日	《古宁头的夜晚》	吴少东（安徽）

11月26日 《敲门声》 紫月亮（浙江）
11月27日 《真不要脸》 释三郎（江西）
11月28日 《年祸》 张保真（安徽）
11月29日 《选举》 北非（陕西）
11月30日 《那把木梳子断了》 汉仔（福建）
12月1日 《习惯》 汪白（湖北）
12月2日 《怀抱人形的树》 三四（北京）
12月3日 《不见不散》 欧阳子鉴（江西）
12月4日 《握手》 风雅颂（浙江）
12月5日 《小孩》 管管（台湾）
12月6日 《秋风的发型师》 胡锵（江西）
12月7日 《如果》 林火火（江苏）
12月8日 《印钞机》 周鸣（浙江）
12月9日 《一共五个人》 周瑟瑟（北京）
12月10日 《妓二代》 蔡根谈（海南）
12月11日 《消息》 刘强（四川）
12月12日 《夙愿》 蓝蓝（北京）
12月13日 《梦见》 娜夜（重庆）
12月14日 《我想有男朋友的时候》 闫永敏（天津）
12月15日 《念诗须知》 赵立宏（山西）
12月16日 《他是看电影摔死的》 寒玉（山东）
12月17日 《断舍离》 黎洵（山东）
12月18日 《孵化诗人》 刘溪（山东）
12月19日 《看见我九六年用过的大哥大》 岳上风（山东）
12月20日 《气候》 林之云（山东）
12月21日 《好人》 冈居木（山东）
12月22日 《拥抱》 张侗（山东）
12月23日 《门诊》 东岳（山东）
12月24日 《你滚吧，太阳》 宇向（山东）
12月25日 《信仰》 铁心（山东）
12月26日 《中国大妈在巴黎》 了乏（山东）
12月27日 《人民的群像》 天狼（山东）
12月28日 《忏悔》 高歌（山东）
12月29日 《大地的屏保》 轩辕轼轲（山东）

12月30日	《带奶的猪肉》	叶臻（安徽）
12月31日	《早餐》	伊沙（陕西）

2017年

1月1日	《诗三百》	沈浩波（北京）
1月2日	《得逞》	里所（北京）
1月3日	《他在为我们看不见的东西，哭》	西娃（北京）
1月4日	《写不好诗的十三类说法，请对号入座或继续补充》	朱剑（陕西）
1月5日	《素质》	王有尾（陕西）
1月6日	《驯养》	艾蒿（陕西/重庆）
1月7日	《弹坑的用途》	苏不归（上海）
1月8日	《宏大的叙述》	起子（浙江）
1月9日	《种树》	摆丢（上海/云南）
1月10日	《为师之道》	易小倩（北京）
1月11日	《脱发治疗经过》	宋壮壮（北京）
1月12日	《一生中，每个人都会被闪电击中七次》	李宏伟（北京）
1月13日	《古寺》	二月蓝（重庆）
1月14日	《与领导一起尿尿》	刘傲夫（北京）
1月15日	《她也是我们中的一个》	庞琼珍（天津）
1月16日	《睡衣》	海青（山东）
1月17日	《我还没有》	盛兴（山东）
1月18日	《楼下的羽毛球赛》	双子（北京）
1月19日	《剧情》	李振羽（甘肃）
1月20日	《卖雪球》	西毒何殇（陕西）
1月21日	《在父亲的病房》	黄海（陕西）
1月22日	《我们都会是新人的》	舒冲（上海）
1月23日	《无题》	李柳杨（北京）
1月24日	《一块红布》	苇欢（广东）
1月25日	《故事里的鬼》	三个A（广西）
1月26日	《许多药名都有诗意》	阿吾（广东）
1月27日	《2017，我在北京过的第二个本命年》	安琪（北京）
1月28日	《很少有哪一个少女的身姿不被乐善桥的曲线无情解构》	任洪渊（北京）
1月29日	《邮筒今昔》	曲有源（吉林）

1月30日	《新年》	姚风（澳门）
1月31日	《北平的春天》	唐欣（北京）
2月1日	《在广州》	马非（青海）
2月2日	《袭警》	左右（陕西）
2月3日	《北师大游泳馆的老太太》	吴雨伦（北京）
2月4日	《打仗》	石薇拉（广西）
2月5日	《万物生长》	宋雨（新疆）
2月6日	《路遇》	春树（德国）
2月7日	《初刻拍案惊奇》	李勋阳（云南）
2月8日	《被侮辱的》	耿占坤（青海）
2月9日	《凤莲传》	赵思运（浙江）
2月10日	《人为什么那么坏》	刘一君（北京）
2月11日	《饺子》	侯马（北京）
2月12日	《人类灭绝时》	游若昕（福建）
2月13日	《怒吼》	星尘小子（海南）
2月14日	《在这里》	从容（广东）
2月15日	《挖井的人》	谷驹休（上海）
2月16日	《一大碗蓝天》	庞华（江西）
2月17日	《寻人启事》	庄凌（山东）
2月18日	《无产阶级的胜利》	莫名（广东）
2月19日	《1960》	王清让（河南）
2月20日	《生活从来没给过我温柔》	吴荣强（广东）
2月21日	《自由》	彭晓杨（安徽）
2月22日	《中国好人》	曾忠（广东）
2月23日	《拉萨谣》	何训田、张鲁（上海）
2月25日	《那几年》	江湖海（广东）
2月26日	《打烂的睾丸生出一大串亲人》	邢昊（北京/山西）
2月27日	《中国人的选举》	梅花驿（河南）
2月28日	《点赞》	游连斌（福建）
3月1日	《故园十六行》	黄翔（美国）
3月2日	《错误迟早会成为风景》	代顺丽（福建）
3月3日	《欠费人员名单》	秦原站（陕西）
3月4日	《种子》	余金鑫（河南）
3月5日	《谎言》	韩颖（山东）

3月6日	《燕山林场》	霍俊明（北京）
3月7日	《给年轻的父和它们》	唐果（云南）
3月8日	《标签》	莫沫（秘鲁/北京）
3月9日	《蝙蝠在我的屋里飞来飞去》	蒲永见（四川）
3月10日	《喝到假酒》	韩敬源（云南）
3月11日	《人身上全是名牌》	刘川（辽宁）
3月12日	《晚年》	张玉明（山东）
3月13日	《茶古教堂》	张明宇（山西）
3月14日	《缩小》	人面鱼（云南）
3月15日	《书的妙用》	大九（内蒙古）
3月16日	《异乡人》	陈铭华（美国）
3月17日	《醒来》	张文康（北京）
3月18日	《无题》	王立君（天津）
3月19日	《出征》	赵琼（北京）
3月20日	《站立的牛》	简天平（北京）
3月21日	《河》	吉尔（河北）
3月22日	《硬不起来》	谢小丹（北京）
3月23日	《徐娘曲》	阿毛（湖北）
3月24日	《另一个母亲》	石峰（北京）
3月25日	《1966》	杜思尚（北京）
3月26日	《参加某国际交流合作研讨会》	冈居木（山东）
3月27日	《理发》	张小云（北京）
3月28日	《改革》	吾桐紫（福建）
3月29日	《致女儿书》	李东泽（黑龙江）
3月30日	《碑林》	杨艳（福建）
3月31日	《1977年》	乌城（北京）
4月1日	《有些真相说出来并不美好》	南人（北京）
4月2日	《小别墅》	图雅（天津）
4月3日	《眠》	徐江（天津）
4月4日	《事实的诗意》	伊沙（陕西）

说明：有个别诗作因故未能收录在本书内。

附录二　奖项与荣誉

一、《新世纪诗典》2016年度大奖——第六届NPC李白诗歌奖

成就奖：任洪渊

金诗奖：西娃

银诗奖：春树

铜诗奖：江湖海

入围奖：吴雨伦

评论奖：朱剑

翻译奖：洪君植

推荐奖：湘莲子

文化奖：蒲永见

二、《新世纪诗典》2016年度十大魅力诗人

江湖海、春树、西娃、君儿、游若昕、李岩、吴雨伦、马非、朱剑、图雅

三、《新世纪诗典》中国21世纪15大城市诗人

伊沙、李异、严力、春树、欧阳昱、徐江、沈浩波、苏不归、蒋涛、姚风、王小龙、韩东、唐欣、侯马、马非

四、长青藤诗人光荣榜

沈浩波、唐欣、马非、侯马、徐江、君儿、严力、西娃、朱剑、伊沙、韩东、潘洗尘、王有尾、姚风、湘莲子、西毒何殇、蒋涛、李岩、邢昊、艾蒿、起子、安琪、李勋阳、韩敬源、李异、黄海、梅花驿、摆丢、春树、唐果、南人、李伟、第广龙、高歌、刘川、轩辕轼轲、庄生、陈衍强、蓝蓝、娜夜、天狼

附录三　授奖词与受奖词

《新世纪诗典》2016年度大奖
——第六届NPC李白诗歌奖授奖词与受奖词

任洪渊授奖词

他是一位先生，在先生被消灭的年代里一位真正的先生，中国当代绝无仅有的诗歌教育家，在中国当代诗歌中举足轻重的“北师大诗群”的孕育者及灵魂人物。早年是与昌耀、食指同时期的现代诗先行者，晚年是在同代人集体失声后忽然发出他们本该发出的强音，他是作品少而精的典范，有节操有风骨的诗人，建构诗学体系的诗想家，特授予《新世纪诗典》2016年度大奖——第六届NPC李白诗歌奖成就奖。

任洪渊受奖词

我也获得了李白和伊沙授予的诗歌奖。我好像早就在写这篇受奖词：“李白生命的三元素——酒，月，剑。酒中的梦，月下的影，剑上未酬的壮志，依旧是缭乱的华彩。假如没有你更加高阔的视野和天空，李白的月早已沉落。假如没有你不断挑战不断应战、永远出击永远进击的人生，李白的剑也早已坠地。”我感谢李白和新世纪诗典。

西娃授奖词

她是一个巫女，巫女并非女巫也非巫婆，她是一名21世纪的现代巫女。身为一名佛教徒，她的诗歌世界比无神论者多了一界，更可贵的是敢于在诗中表现僧俗价值观的矛盾与冲突，暴露自己的人性与有限，把小资泛酸的泛佛教诗写得甩开了几条街，以一种特别的气质与特殊的的魅力（一如她的汉藏混血），在2016年的中国诗坛，刮起一场强劲的“西娃旋风”，特授予《新世纪诗典》2016年度大奖——第六届NPC李白诗歌奖金诗奖。

西娃受奖辞

写作是一个人摸黑走夜路的事业，也是在某一刻，借助同行的灯光走出又走近自己道路的事业。只有我更清楚，这六年“新诗典”给予了什么——我在这里收获荣誉与激励，也收获写作的转变,没有伊沙的“事实的诗意”，我很多与现实相连的诗歌不知怎么表达；也收获一群纯粹是作者如沈浩波、唐欣、侯马、秦巴子、徐江等人的精神之光，以及一群狼奔虎跃的写作者如轩辕轼轲、西毒何殇、朱剑、起子、苏不归等人的写作热力，沉默的写作潜行者如君儿、艾蒿、宋雨等人的气息，当然，还有大把的鼓励与友谊……我相信一个能量场对个体生命的携带与影响，所以，我感谢这个能量场的存在，里面积极的气息我都收受过。与其说这个金奖是颁发给我的，不如说是颁发给这个能量场里的受光又爆发光的人，我只是暂时替这股力量领了它。谢谢所有在这个场域的人们！

春树授奖词

她是一位赤子，并非因其现居海外，从《北京娃娃》开始，她便是一位文学赤子。在她身上，不染老一代“海军大院子弟”的污浊之气，又不似一般小资文艺青年的假冒清高，她自我教育下的成长与成功是对中国高等教育的无形嘲讽。近年来，当她将最先进的武器——口语诗带到海外，中国侨民文学的水准立马上了一个台阶。特授予《新世纪诗典》2016年度大奖——第六届NPC李白诗歌奖银诗奖。

春树受奖词

算起来，我是在2001年等待《北京娃娃》出版的那一年里正式写诗的，那年我受到伊沙、沈浩波、韩东的启发，受到“诗江湖”“橡皮网”“他们文学网”等众多诗歌网上写作气氛的激励，受到口语诗的影响，受到诗友们的指点，写诗成为我的激情与爱好，一直保持到今天。我出版了两本个人诗歌《激情万丈》及《春树的诗》，主编过三辑《80后诗选》，毫不自谦地说，在写诗、编诗的同时我也影响了一大批网友，他们开始对现代诗感兴趣，有些因此成为诗人。很荣幸李白诗歌奖将此届银奖授予我。目前我暂居德国柏林，除生活外，平时的时间多用于写小说及诗歌。无论我生活在哪，汉语是我的母语，用汉语写出伟大和打动人心的诗是我的追求。我的座右铭是永远支持自我实现，永远追求卓越。感谢大家！

江湖海授奖词

他是一位行者，一位时刻在路上暴走的行者，不在暴走就在写诗，他是近年创作量最大的中国诗人之一。他出道甚早，早期是湖南“新乡土诗派”一员，后来创作中断，近年在《新世纪诗典》崛起，与《新世纪诗典》俱进，螺旋上升，一跃而成为优秀的口语诗人，成果颇丰，特授予《新世纪诗典》2016年度大奖——第六届NPC李白诗歌奖铜诗奖。

江湖海受奖词

1989年6月5日是世界环境日，次日为芒种，又过一天，便是端午。端午节坐在湘江边，我整理完40首新作，便停下诗笔，一停多年。进入新世纪，陆续有零星之作。直至2011年底，经湘莲子牵线，结识伊沙，2012年4月11日写的《寻找礼物》入选《新世纪诗典》，由此迈入《新世纪诗典》大学门槛，掀起口语诗写作的盛大高潮。被《新世纪诗典》激活后这五年的状态，明眼人都看见了。写了多年意象诗抒情诗后，我转向口语诗，正是缘于和伊沙及《新世纪诗典》的相遇，并由此带来骨子里观念的转变，终于认清词语写作和拐弯抹角的造像对诗歌的创新性和生长性构成了严重的桎梏，使诗歌写作沦为大面积的公共经验复述。口语诗写正是去除镣铐和盛装后的生命之舞，展示无穷魅力和无限可能性。感谢伊沙和《新世纪诗典》把如此重要的大奖授予我！感谢《新世纪诗典》大学所有校友的鼓励和支持！

朱剑授奖词

他是一个暖男，对同行充满真诚的善意，在过去一年中，在对《新世纪诗典》推荐作品的逐一点评中体现得尤其充分。其评并非诗评家之评，高高在上，亦非读者之评，隔靴搔痒，又非浮泛的文化之评，大而无当——其评是真正的诗人之评、专业之评、写作内部之评、个人经验之评、给人启迪之评，特授予《新世纪诗典》2016年度大奖——第六届NPC李白诗歌奖评论奖。

朱剑受奖词

评《新世纪诗典》的诗，是最容易的，因为都是好诗，我不必说违心之语；但同时又是最难的，评得不好或者应付，都对不住它们。我喜欢这种针对具体文本、短兵相接的评论方式，我珍视这样携手共进的诗歌历程，我自己的写作也从这每日一评里受益良多！《新世纪诗典》是伟大的，我要做的就是：跟着走！

洪君植授奖词

他是一位狂人，一个理想主义者，一个行动主义者，一个敢于将梦想变成现实的狂人，一个不折不扣的工作狂。一位中国朝鲜族诗人，去国旅美多年，已入美国国籍，却时刻不忘将中国现代诗的最新成果译成韩语在韩国发表、出版、授奖，这是一种怎样的精神和意志？毫不夸张地说，他凭借一己之力已在韩国同行、读者的眼中建成了一座中国现代诗的高楼大厦，特授予《新世纪诗典》2016年度大奖——第六届NPC李白诗歌奖翻译奖。

洪君植受奖词

感谢轩辕轼轲向我推荐了伊沙主持的《新世纪诗典》，使我在异国孤寂的移民生活中，点燃了对诗歌的狂热激情，重新用中文写诗，并译介大量中国诗人作品到韩国，创办诗歌刊物和报纸，担纲中国现代诗系主译。感谢一线最优秀的现代诗人们，是你们给了我翻译好作品的喜悦。有你们在,与你们同行，我今生何惧！缪斯在上,我先干为敬!

湘莲子授奖词

她是一个修女，写诗如修道，做什么都带着浓浓的爱意，尤其是推荐同行作品。论坛时代，广东被讥为“诗歌活动大省”，六载《新世纪诗典》为广东正名：诗人大省、诗歌大省。如果没有湘莲子的长期推荐，这一切将不会成为事实。特授予《新世纪诗典》2016年度大奖——第六届NPC李白诗歌奖推荐奖。

湘莲子受奖词

在一滴油一粒米一寸布都必须凭票购买的童年，我和我的小伙伴们在夏日的竹床上及隆冬的火塘边不仅一起分享过一根冰棍、一块口香糖，更一起分享一个故事、一本书、一首诗。直到25天前整理父亲遗物，翻出一本没头没尾被牛皮纸严实包裹了三四层的泛黄诗集，方知那是民国版的《女神》。其实，那时我还读不懂《女神》，却喜欢查着字典反复朗读。很像多年后与伊沙相遇，还没完全悟到口语诗秘笈却迫不及待地喜欢上了。好东西一起分享才快乐。特以此记忆片段作为受奖词，感谢伊沙！感谢广东诗人！感谢汉语诗歌！

蒲永见授奖词

他是一名卫士，在岁月的风尘中守护着中国诗魂李白故里——江油，让诗歌和诗意在这片土地蓬勃生长，恣意流淌，将《新世纪诗典》年度大奖颁奖地永久设在江油并因此而升格为李白诗歌奖，都是其守护的成果，都是其文化的创造，都是其智慧的杰作，特授予《新世纪诗典》2016年度大奖——第六届NPC李白诗歌奖文化奖。

蒲永见受奖词

仅仅因为搞了些诗歌活动，就授予我文化奖，我觉得这是我至高的荣誉。于我而言，写诗只是生活方式之一，爱诗才是我的血脉所在。我认为这是一个人区别于另一个人的特质。因此我想说，诗人和爱诗的人，是这个世界上最可爱的人、最善良的人、最纯粹的人。感谢伊沙，感谢新诗典，将“文化”二字挂在我的脖子上。“文化”二字，与其说是对我热爱诗歌的褒奖，不如说是对我守卫李白灵魂的激励。我只有坚定前行，带着文化的镣铐，捍卫诗歌的尊严，并把尊严写在李白托起的月亮上。

（授奖词全由伊沙撰稿）

附录四　我们的足迹：《新世纪诗典》系列诗会

第1场 “阳光照在需要它的地方”北京诗会 2011年9月

北京师范大学

第2场 首届年度大奖颁奖礼暨“小春天”广州诗会 2012年3月

广州广东省立图书馆

第3场 “我在什么地方打动了你”长安诗会 2012年5月

西安外国语大学

第4场 《新世纪诗典（第一季）》首发式暨“诗歌的盛宴”朗诵会 2012年12月

北京红方剧场

第5场 “火焰与词语”万邦诗会 2013年1月

西安万邦书城

第6场 第二届年度大奖颁奖礼暨惠州诗会 2013年3月

广东省惠州市惠州宾馆

第7场 第六届珠江国际诗歌节西安站暨《新世纪诗典》朗诵会 2013年10月

陕西师范大学

第8场 第三届年度大奖颁奖礼暨李白故里朗诵会 2014年3月

四川省江油市李白纪念馆

第9场 新世纪诗典、长安诗歌节端午诗歌朗诵会 2014年6月

陕西师范大学

第10场 “对影成诗人”新世纪诗典、长安诗歌节中秋诗歌朗诵会 2014年9月

长安大学

第11场 “诗歌让我们成为更好的人”广西-越南诗会 2015年1月

千年传说动漫集团有限公司

第12场 “越南的忧郁”越南下龙湾诗会 2015年1月

下龙湾市海滨咖啡馆

第13场 “汉字像一些精灵“《新世纪诗典（第三季）》首发式朗诵会 2015年3月

北京师范大学

第14场 “维也纳之夜”奥地利维也纳诗会 2015年3月

维也纳市1区修道院

第15场 第四届年度大奖颁奖礼暨李白故里朗诵会 2015年4月

四川省江油市李白纪念馆

第16场 新世纪诗典、长安诗歌节

“端午会”暨“长安诗人风骨”-伊沙、秦巴子书法展 2015年6月

西安会展中心青曲文化

第17场 《新世纪诗典》李白诗歌奖金奖礼暨“古塘之夜”朗诵会 2015年6月

北京古塘咖啡馆

第18场 “崆峒山诗会”（含“李白诗歌奖”首届翻译奖颁奖礼） 2015年8月

甘肃省平凉市广成大酒店

第19场 长安“金秋诗会”暨“诗眼”新诗典诗人视觉艺术展 2015年10月

西安国际会展中心

第20场 “南行记 · 新世纪诗典桂新马泰国际诗会南宁站”朗诵会 2016年1月19日

南宁 千年传说动漫影视公司

第21场 “南行记 · 新世纪诗典桂新马泰国际诗会曼谷之夜” 2016年1月21日

泰国 曼谷玉桂酒店

第22场 “南行记 · 新世纪诗典桂新马泰国际诗会芭提雅场”2016年1月23日

泰国芭提雅迈克花园酒店咖啡厅

第23场 “南行记 · 新世纪诗典桂新马泰国际诗会素那万普机场国际区专场”

2016年1月25日泰国原眼镜蛇王机场

第24场 “南行记 · 新世纪诗典桂新马泰国际诗会新加坡场” 2016年1月25日

新加坡新海山海鲜餐厅

第25场 “南行记 · 新世纪诗典桂新马泰国际诗会马六甲场”2016年1月26日

Bayou Lagoon Park Resort酒店

第26场 “南行记 · 新世纪诗典桂新马泰国际诗会云顶娱乐城场” 2016年1月27日

马来西亚云顶娱乐城

第27场 “南行记 · 新世纪诗典桂新马泰国际诗会吉隆坡场” 2016年1月28日

吉隆坡 水晶皇冠酒店

第28场 “南行记 · 新世纪诗典桂新马泰国际诗会南国猴年迎春诗会”

2016年1月29日 南宁 千年传说动漫影视公司

第29场 “磨铁之锋”新世纪诗典“700人之夜”诗歌朗诵会 2016年3月25日

北京磨铁图书公司

第30场 第五届年度大奖颁奖礼暨李白故里朗诵会 2016年4月23日

四川江油李白纪念馆

第31场 珠海“渔歌蚝情朗诵会暨长安诗歌节225场 2016年2月27日

珠海渔歌蚝情文化主题餐厅

第32场 “韩国国际诗会”第一场暨“磨铁读诗会第三场” 2016年7月7日

北京德胜国际中心

第33场 “韩国国际诗会”第二场 2016年7月8日

韩国首尔中国文化中心

第34场 “韩国国际诗会”第三场暨长安诗歌节第242场 2016年7月10日

首尔首都大酒店大堂

第35场 “韩国国际诗会”第三场暨葵之怒放诗歌节首尔场 2016年7月11日

首尔maboo咖啡馆

第36场 青海诗会“天下黄河贵德清”暨长安诗歌节第244场 2016年8月7日

青海贵德黄河边

第37场 青海诗会“金银滩诗会” 2016年8月8日

青海金银滩草原帐篷

第38场 青海诗会“草原之夜 青海湖与原子城”十分钟限时同题诗会 2016年8月8日

金银滩草原帐篷

第39场 长安诗歌节第248场“中秋诗会暨《当代诗经》朗诵会”2016年9月11日

西安交大人文学院

第40场 新诗百年研讨会暨“诗耀泉城”朗诵会 2016年12月8—10日

济南市山东书城

第41场 新诗典“北京初春选诗会”暨“磨铁读诗会第5场” 2017年3月11日

北京

第42场 新世纪诗典第六届年度大奖颁奖礼暨李白故里朗诵会 2017年5月5—7日

四川江油李白故里

附录五　《新世纪诗典》义工团队

主持人、编选者：伊沙

理事长：沈浩波

责任编辑：湘莲子

特约评论家：徐江

特约翻译家：维马丁（奥地利）

特约翻译家：洪君植（美国）

特约翻译家：梁余晶（新西兰）

特约美术师：李异

特约美术师：李伟

资料馆馆长：游连斌

互动召集人：蒋涛

活动总监：西娃

豆瓣主管：李勋阳

微信推广人：纪彦峰

微信操盘手：宋壮壮

特约记者：李振宇

《诗潮》“典中典”编辑：唐果

特约朗诵家：高歌

特约朗诵家：君儿

特约统计员：杨艳

外联部主任：左右

图书在版编目（CIP）数据

新世纪诗典. 第六季 / 伊沙编选. — 杭州：浙江人民出版社, 2018.6

ISBN 978-7-213-08753-0

Ⅰ. ①新… Ⅱ. ①伊… Ⅲ. ①诗集–中国–当代
Ⅳ. ①I227

中国版本图书馆CIP数据核字（2018）第082756号

新世纪诗典. 第六季

XIN SHIJI SHIDIAN.DI LIU JI

伊沙 编选

出版发行 浙江人民出版社（杭州市体育场路347号 邮编 310006）
责任编辑 徐 婷 钱 丛
责任校对 张志疆
书籍设计 周伟伟
印　　刷 北京嘉业印刷厂
开　　本 635毫米×965毫米 1/16
印　　张 28
字　　数 440千字
版　　次 2018年6月第1版
印　　次 2018年6月第1次印刷
书　　号 ISBN 978-7-213-08753-0
定　　价 59.00元

如发现印装质量问题，影响阅读，请与市场部联系调换。
质量投诉电话：010—82069336

磨铁读诗会 已出版书目

中国桂冠诗丛

王小龙 著 《每一首都是情歌》

严　力 著 《悲哀也该成人了》

王小妮 著 《扑朔如雪的翅膀》

欧阳昱 著 《永居异乡》

姚　风 著 《大海上的柠檬》

韩　东 著 《我因此爱你》

唐　欣 著 《母亲和雪》

潘洗尘 著 《燃烧的肝胆》

杨　黎 著 《找王菊花》

阿　吾 著 《相声专场》

磨铁诗歌译丛

001 《吉檀迦利》 泰戈尔 著 伊沙 老G 译

002 《新月集》 泰戈尔 著 伊沙 老G 译

003 《飞鸟集》 泰戈尔 著 伊沙 老G 译

004 《我知道怎样去爱：阿赫玛托娃诗歌精选集》 安娜·阿赫玛托娃 著 伊沙 老G 译

005 《一封谁谁见了都会怀念我的长信：石川啄木诗歌集》 石川啄木 著 周作人 译

006 《大象：劳伦斯诗集》 劳伦斯 著 欧阳昱 译

007 《巴黎的忧郁》 波德莱尔 著 胡品清 译

五卷本伊沙诗集

卷一《车过黄河》

卷二《鸽子》

卷三《蓝灯》

卷四《无题》

卷五《唐》

中国先锋诗歌地图

西　娃 主编 《中国先锋诗歌地图·北京卷》

西毒何殇 主编 《中国先锋诗歌地图·陕西卷》

君　儿 主编 《中国先锋诗歌地图·天津卷》

湘莲子 主编 《中国先锋诗歌地图·广东卷》

三个A 主编 《中国先锋诗歌地图·广西卷》

磨 铁 读 诗 会